KB266413

이밍아웃

이밍아웃

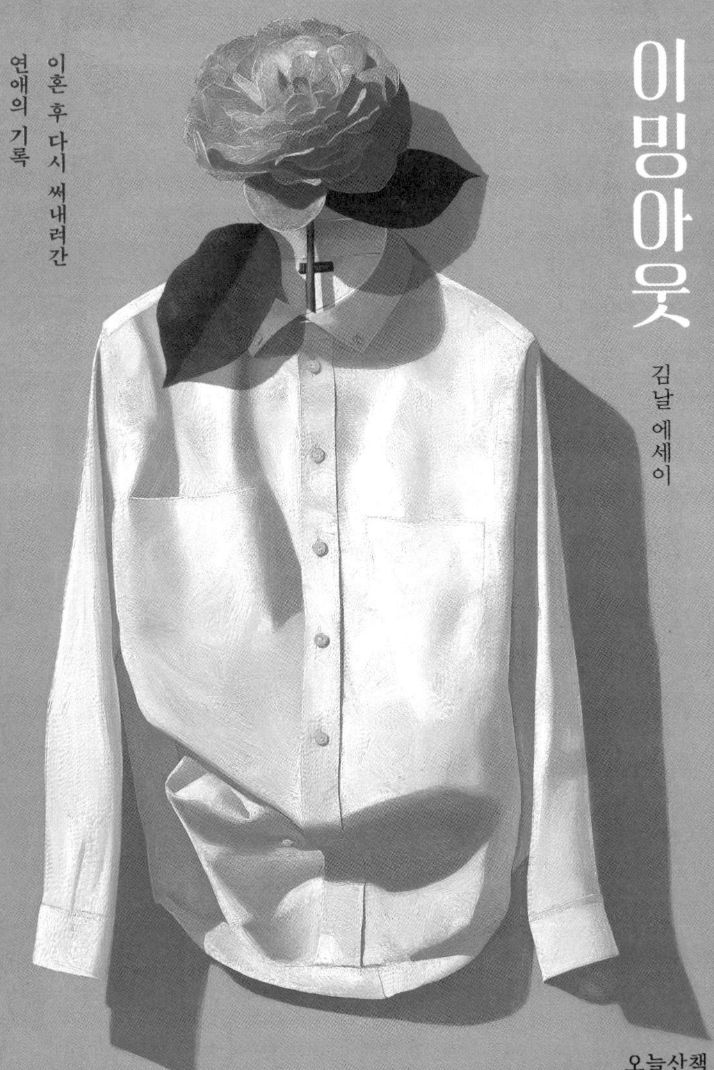

이밍아웃

차례

뒤돌아보면 살아온 모든 날들이

선 택 의 순 간 이었다.

그 선택으로 사랑했던 여자와 결혼을 했고, 헤 어 졌 다.

누가 옳고 누가 그르다고 단정할 수는 없었다.

다만 우리는 서로의 속도를 맞추려는 노력을

어느 순간부터 그만두었다.

시간이 멈춰버린 듯한 공간,

말 라 버 린 공 기,

정리되지 않은 감 정 들 .

그녀가 하나둘 챙겨 나간 물건들과 함께

우리의 시간도 빠져나갔다.

나는 점점 괜찮은 척을 하고 있었다.

　　그렇게 하루를 마무리하다 보면 어느 순간

　　진짜로 괜찮아 보이는 나를 발견하곤 했다.

그리고 내게 기적처럼

새로운 인연이 찾아왔다.

프롤로그

－그럼 이혼해.

문자 메시지 하나, 단 두 마디에 가슴이 철렁거렸다. 휴대폰 화면 속 평범한 문장 한 줄에 머릿속 모든 기능이 잠시 정지했고, 온몸의 피가 빨리 돌기 시작했다. 눈을 깜빡이며 한참을 바라봤다. 잘못 봤을까 봐. 그 짧은 말을 잘못 봤을까 봐 휴대폰 액정 화면을 몇 번이고 다시 껐다 켰다. 고작 다섯 글자인데 왜 이리 현실 같지 않은 건지.

머릿속이 복잡했지만 뭔가 답을 해야 했다. 잠시 하얘졌던 머리가 다시 움직이기 시작했다. 수많은 생각이 꼬리를 물고 밀려들었다.

'설마 진심으로 한 말은 아니겠지?'

‘금방 후회하고 미안하다고 하겠지.’

‘이런 일로 이혼 운운한다고? 진짜 그럴 일인가?’

‘이게 진심이라면… 넌 정말 후회하게 될 거야.’

당황과 의심이 섞인 복잡한 기분을 넘어 분노, 그리고 타협쯤에 감정이 머물렀다.

‘내가… 조금 물러서면 사과할지도 몰라.’

애당초 메시지를 보낸 건 나였다. 1년 넘게 이어진 냉전을 끝내보자는 마음에 어설픈 변명과 은근한 협박, 그리고 자존심을 버무린 글로. 그런데 저런 답장이 돌아온 거였다.

―그럼 이혼해.

그걸 이렇게 받아칠 줄은 몰랐다.

당황스럽기도 했지만, 무엇보다 자존심이 상했다. 이 나이 먹도록 내 안에서 끈질기게 버티고 있는 그 자존심이라는 놈이 상황을 더 꼬이게 만들었다. 손가락은 마음보다 먼저 움직였고, 나는 단 두 글자로 답장을 보냈다. 그것도 평소에 내가 최악의 매너라고 생각하는 방식으로.

―ㅇㅇ

보내자마자 거칠게 휴대폰 폴더를 접었다. 그녀의 다음 메시지가 보기 싫었는지, 피하고 싶었는지, 그것도 아니면 두려웠는지 잘 모르겠다. 어쩌면 그녀의 두 마디야말로 나를 시험하는 마지막 질문이었는지도. 거의 10년을 함께한 관계가 그렇게, 채팅창에서 미끄러지듯 사라졌다.

하지만 내 마음 어딘가에는 이게 정말 끝일까 하는 미련이 남아 있었다. 이건 그녀의 진심이 아닐지도 모른다는 구차하고 인정하기 싫은 기대감마저 있었다.

이 짧은 순간에
누군가 단 한마디만 다르게 했더라면,
조금만 덜 예민했더라면,
아니면 단지 더 따뜻했더라면,
우리의 결말은 달라졌을지도 모른다.

내가 알량한 자존심은 결혼 생활을 병들게 했다. 그 바이러스는 끝내 치료되지 못했고, 법원의 판결문을 들고 구청에 이혼 신고를 하러 가는 날까지도 나를 괴롭혔다.

자존심自尊心의 사전적 정의는 '남에게 굽히지 않으며 자신의 품위를 지키는 마음'이다. 과연 나는 고집을 굽히지 않음으로써 품위를 지켰을까. 어쩌면 내가 지킨 건 품위가 아니라 변명거리였는지도 모른다. 그 쓸데없는 자존심을 조금이라도 덜어냈다면 아내와 함께한 지난 10년을 지켰을지도.

우리는 이혼을 합의하기 1년 전부터 거의 말을 섞지 않았다. 별것 아닌 일들이 쌓이고 쌓이다가 마침내 넘을 수 없는 벽이 되어버렸다. 현재에 만족하며 손해를 보더라도 여유롭게 살고 싶어 하는 남자와 계획적이고 꼼꼼하게 인생을 준비하며 예측 가능한 내일을 원하는 여자의 조합이었다. 서로 다른 생각과 리듬을 가진 두 사람이 한 공간과 시간을 공유하면서 점차 불협화음이 생겼다. 누가 옳고 누가 그르다고 단정할 수는 없었다. 다만 우리는 서로의 속도를 맞추려는 노력을 어느 순간부터 그만두었다.

아내는 계획이 틀어지는 걸 극도로 싫어했다. 시간이 갈수록 그녀의 불만은 여러 형태로 터져 나왔고, 날 선 비수가 되어 내게 꽂혔다. 그럴수록 나는 상황을 피하려고 점점 입을 닫았고, 결국 아무 말도 하지 않게 되었다. 그리고 타협점을 찾지 못한 우리의 결혼 생활은 그날로 멈췄다.

아내와의 관계가 최악을 향해 가던 그때 나는 악몽 같은 나날을 보내고 있었다. 20년 가까이 사무실 책상에 쪼그려 앉아 야근과 철야를 하면서 몸은 고장 났고, 마음도 한없이 약해져 있었다.

정상의 몸이 아니었던 나는 쉬는 날이면 집에 누워만 있었다. 이 병원 저 병원을 떠도는 동안에도 아내는 내게 눈길 한번 주지 않았고, 나는 그런 아내가 너무 미웠다. 마음을 기댈 곳이 그 어디에도 없었다. 결국 수술을 하는 날에도 아내는 내게 어느 병원에 입원하는지조차 묻지 않았다.

그날 나는 속으로 조용히 결심했다. 더는 미련을 갖지 않겠다고. 그렇게 스스로 마지막 악수惡手를 두었다.

문자 메시지로 이혼이란 말을 꺼낸 후 아내는 아무 말도 하지 않았고, 어떤 감정도 내비치지 않았다. 소리 없는 전쟁처럼 집 안에는 고요한 냉기만 돌았다.

먼저 움직이기 시작한 건 그녀였다. 어느 날부터 작은 상자들이 집 안 한구석에 하나둘 쌓이기 시작했다. 말은 없었지만 의도는 분명했다.

어느 날 밤, 아내가 없는 거실에 앉아 조용히 집 안을 둘러보았다. 따뜻했던 벽지 색도, 따사로운 빛이 들던 커튼도 모두 무채색으로 보였다. 시간이 멈춰버린 듯한 공간, 말라버린 공기, 정리되지 않은 감정들. 그녀가 하나둘 챙겨 나간 물건들과 함께 우리의 시간도 빠져나갔다.

지금 이 집은 더 이상 우리의 보금자리가 아니었다. 함께 사는 곳이 아니라 동시에 존재하는 공간일 뿐이었다. 우리는 눈이 마주쳐도 아무 말 하지 않았다.

그럼에도 멈춰버린 공간을 유유히 거닐던 존재가 하나 있었다. 아내와 내가 서로보다 아꼈던 고양이 '유미'.

아내가 먼저 퇴근해서 거실 소파에 앉으면 유미는 꼭 그녀의 무릎 위로 뛰어올랐다. 손끝으로 유미의 털을 천천히 쓰다듬을 때면 아내의 표정은 그나마 살아 있는 사람처럼 보였다. 내가 퇴근 후 집 안으로 들어서면 유미는 늘 그랬듯 나에게 달려왔다. 여전히 변함없이, 아무것도 모르는 얼굴로.

냐아옹—

유미는 내 다리에 머리를 비비며, 왜 이제 왔느냐고 원망하듯 낮게 울었다. 나는 허리를 숙인 채 유미를 조용히 쓰다듬었다. 등 뒤로는 아내의 시선이 느껴졌다. 피할 수도 없고 깨뜨릴 수도 없는 정적이 거실을 가득 채웠다.

순간, 그 모든 게 영화의 한 장면처럼 느껴졌다. 아무도 말하지 않고 오직 표정과 침묵으로만 대화하는 그런 장면.

그 영화는 이제 끝을 향해 가고 있었다.

우리의

시작과 끝

○

"정말요?"

나는 본능적으로 되물었다. 물론 사실이란 건 알고 있었다. 마음속으로는 차분하게 받아들였다고 생각했지만 내 표정과 호흡은 달랐겠지.

"자칫 잘못하면 하지마비가 올 수도 있습니다."

그저 평범한 통증인 줄 알았는데 이런 말을 듣게 될 줄이야. 온갖 걱정이 머릿속에서 뒤엉켰다. 죽을 수도 있는 건가? 마비되면 평생을 침대에 누워 살아야 하나? 아니야, 설마 그런 일까지 생기겠어?

현실을 부정하고 싶었지만 점점 저려오는 내 팔과 다리는 더 이상 미룰 수 없다고, 의사의 진단이 진실이라고 말하고 있었다. 나는 고민 끝에 수술을 하기로 결심했다. 그리고 오랜만에 아내에게 말을 걸었다.

"의사가 수술하지 않으면 안 된대. 날짜 잡았어."

잠깐 정적이 흐르더니 그녀가 시선조차 돌리지 않은 채 무표정한 얼굴로 대답했다.

"그래? 심각한가 보네."

그뿐이었다. 어느 병원인지 어디가 아픈지 전혀 묻지 않았다. 그녀는 고개를 돌리더니 생각난 듯 말을 덧붙였다.

"수술하면 얼마나 입원할지 모르니까 법원 서류 먼저 접수하고 가."

순간, 몸이 아니라 마음이 저려왔다. 혹시라도 이걸 계기로 무너진 사이가 회복되지 않을까 아주 조금은 기대했는데 그 한마디로 산산이 부서져버렸다. 그러나 이내 깨달았다. 그녀는 이미 멀리 가 있는데 나만 혼자라는 걸 인정하지 못하고 있었다는 걸.

며칠 후 그녀와 시간을 맞춰 가정법원을 방문했다. '협의이혼 의사확인 신청서'를 접수하니, 아이가 없던 우리 부부에게는 한 달여의 이혼 숙려 기간이 주어졌다. 담당관은 부부가 합의하여 재방문하라고 통보했다. 두 개의 날짜가 지정되었고,

담당 판사가 그날 단 한 번의 확인만으로 이혼을 확정해준다고 했다. 이렇게 간단한 것이었나. 10년을 함께한 사이가 서류한 장으로 정리되다니.

우리는 법원을 나와 횡단보도 앞에 잠시 멈춰 섰다. 초록불을 기다리며 오랜만에 서로의 얼굴을 마주 봤다. 이렇게 얼굴을 제대로 보는 건 거의 1년 만이었다. 그사이 아내는 더 말랐고, 머리카락엔 새치가 희미하게 내려앉아 있었다. 한때 나를 가장 오래 바라보던 눈동자에 더 이상 나에 대한 질문은 없었다. 순간 슬픔인지 연민인지 모를 감정이 밀려왔지만 나는 끝까지 담담함을 유지하려 애썼다. 그게 마지막 자존심 같았다. 어느 노래 가사처럼, 대낮에 한 이별이어서인지 눈물이 나지는 않았다.

신호가 바뀌고 나는 도망치듯 자리를 떴다.

"볼일이 있어서 먼저 갈게."

그 말을 하자마자 등을 돌렸다. 며칠 후 나는 짐을 챙겨 병원에 입원했다.

입원 후 수술에 필요한 몇 가지 검사와 상담을 진행했다. 그리고 수술 당일, 나는 얇은 수술복 하나만 걸친 채 이동식 침대 위에 누웠다. 전체가 금속으로 된 이동식 침대가 무척이나 차갑게 느껴졌다. 수술을 결정한 이후 별다른 긴장감을 느끼지 못하고 지냈었는데 이 순간만큼은 마음이 무척 두렵고 위축되었다.

바퀴 달린 침대가 요란한 소리를 내며 복도를 미끄러졌다. 수술실 문이 열리자마자 풍겨오는 약품 냄새, 피부로 전해지는 차가운 금속의 느낌이 곧 다가올 시간의 크기를 짐작하게 했다.

잠시 후 자리가 고정되고 분주하게 움직이던 의료진이 동작을 멈췄다. 얼굴 정면으로 쏟아져 내리는 수술실 조명, 나를 둘러싼 여러 쌍의 눈을 보니 마치 내가 도살장에 끌려온 소가 된 것 같았다. 처음에는 두려웠고, 다음에는 부끄러웠다.

곧 얼굴에 산소호흡기가 연결되고 마취가 시작되었다. 나는 서서히 의식을 잃어가며 꿈과는 다른 어둠 속으로 빠져들었다. 얼마 뒤 눈을 떴을 때는 소변줄을 찬 채 입원실 침대에 누워 있었다. 몸은 무거웠고, 시간은 흐릿했다.

수술 후 3일째 되는 날, 그사이 익숙해진 통증보다 곧 마주해야 하는 현실이 무겁게 나를 짓눌렀다.

병실 문틈 사이로 새어 들어오는 불빛을 바라보니 오래된 기억들이 스멀스멀 기어 나왔다.

키가 지금의 절반이었던 시절, 하나뿐인 씽씽이에 서로 타겠다며 누나와 싸우던 나. 그때는 씽씽이 하나가 세상의 전부였다. 대학 축제 때 못 마시는 술을 억지로 마시며 객기 부리다 토악질하던 나. 창피한 줄도 모르고 그게 청춘이라 믿었다. 아내와 사내 연애를 하던 시절, 동료들 몰래 눈짓을 주고받으며 행복해하던 나. 들킬까 봐 두근거리던 그 마음이 지금도 선명하다.

수많은 순간이 주마등처럼 스쳐 지나갔다. 기억들은 순서도 맥락도 없이 흘러들어왔다가 사라졌다. 마치 오래된 필름이 끊어지기 직전처럼 빠르고, 어지럽게.

그러고 나니 유난히 힘없이 붙어 있는 팔과 다리가 눈에 들어왔다. 낯설었다. 분명 내 몸인데 어느 순간부터 내 것이 아닌 듯 느껴지는 그 팔과 다리. 살아오는 내내 무언가를 들고 어딘가를 향해 걸었을 그것들이 지금은 이불 위에 그저 놓여 있었다. 엉망진창인 상태로 누워 있는 늙고 초라한 나. 창으로 스며드는 달빛 아래 그 모습이 엄연한 현실이었다. 외면하고 싶어도 외면할 수 없는, 지나버린 세월과 그 모든 시간이 실패였다는 느낌.

아, 이걸 이제야 깨닫다니.

얼마나 오랫동안 착각 속에 살았던 걸까. 나는 세상의 주인 공도 뭣도 아니라는 걸. 누군가의 이야기 속에 잠깐 등장했다 사라지는 이름 없는 단역처럼 세상은 나와 상관없이 늘 흘러 가고 있었다는 걸. 그리고 때로는 누군가의 행복을 위해 불행 을 떠안는 무게추가 될 수도 있다는 걸.

순간 주체할 수 없을 정도로 감정이 요동쳤다. 무엇 때문에 우는지 정확히 알 수 없었다. 이혼의 서러움인지, 육체의 고통 인지, 아니면 그동안 꾹꾹 눌러담아 두었던 것들이 한꺼번에 터져 나오는 것인지. 나는 이불을 끌어안은 채 입을 틀어막고 울기 시작했다. 아무도 없는 병실에서, 소리가 새어 나갈까 봐 두 손으로 막고 또 막으며 한참을 울었다. 이렇게 내 감정은 조금씩 정리되어갔다.

며칠이 지났다. 나는 스스로 몸을 움직이고 씻을 수 있는 상 태가 되어 예정보다 이른 퇴원을 했다. 고맙게도 회사 동료가 시간 맞춰 병원으로 와 집까지 데려다주었다.

나는 목 깁스를 한 채 현관문 비밀번호를 눌렀다.

띠리링— 철컥—

평상시면 하지 않았을 '비밀번호가 바뀌지 않았네'라는 생각을 하며 현관문을 열었다. 집 안 풍경은 그대로였지만 왠지 생소한 느낌이었다. 거실에 앉아 있던 아내가 현관 쪽으로 고개를 돌렸다.

"고생했어."

무슨 말이라도 해야겠다고 느낀 걸까? 거실에 앉은 채로 던진 그 한마디가 다였다. 입원 기간 내내 연락 한번 없던 그녀의 첫마디는 너무 늦고, 너무 짧았다.

"어."

나도 짧게 답했다. 그녀의 짧은 안부에 맞춰서 한 대답이 아니라 모든 걸 내려놓은 한마디였다.

그 후 며칠간 우리는 무미건조하게 재산 분할에 관해 얘기했다. 감정은 이미 메말라 있었다. 나는 그저 이 과정이 빨리 끝나기만을 바랄 뿐이었다.

한 달의 숙려 기간이 지나고 우리는 다시 가정법원을 찾았다. 번호표를 받고 대기실에서 순서를 기다리다 주변을 둘러보니 다들 사연이 많아 보였다. 여러 부부가 앉아 있었는데 우리처럼 남이 되기 직전의 모습이라고 생각하니 왠지 짠했고, 한편으론 신기했다.

"다들 어둡네."

왜 그런 말을 내뱉었을까. 무심결에 나온 말이었는데 의외로 그녀가 살짝 미소 지으며 대꾸했다.

"그러게. 우리만 마주 보고 앉아 있네."

가볍게 웃는 얼굴. 그 안에 묘한 허무함이 보였다. 잠시 후 행정관으로 보이는 직원이 우리 이름을 불렀다. 우리는 작은 법정에 들어가 나란히 판사를 향해 앉았다. 판사는 당사자가 맞는지 확인한 후 살짝 톤이 올라간 음성으로 질문했다.

"김날 님, 정말로 이혼하시겠습니까?"

"네."

"이소정 님, 정말로 이혼하시겠습니까?"

"네."

판결은 순식간에 내려졌다. 우리는 종이 한 장을 받았고, 그걸 관할 구청에 제출하는 것으로 이혼 절차는 끝이 났다.

그날 밤, 비가 많이 내렸다.

나는 담배 한 개비를 들고 1층으로 내려갔다. 빗소리는 유난히 크게 들렸고, 내뿜은 연기가 유독 뿌예 보였다.

이제 나는 어떻게 살아야 하나? 담담히 미래를 고민하다 병원에서 어머니가 하신 말씀이 떠올랐다.

"이제 삼재도 끝났으니 괜찮아질 거야."

그리고 언젠가 지갑에 넣어주신 작은 부적. 나는 쏟아지는 빗줄기를 바라보며 그걸 꺼내 손에 쥐고 마음속으로 빌었다. 제발, 고난은 여기까지이기를.

젊었을 때의 나는 어디서나 흔히 볼 수 있는 평범한 회사원이었다. 눈에 띄는 스펙도 없었고, 야망도 그리 크지 않았다. 그저 '이번 주말엔 무얼 할까?' 하는 생각으로 고단한 하루하루를 버텨 나가는 사람이었다. 그래도 누군가와 함께할 미래를 꿈꾸긴 했다. 사랑하는 여자와 결혼하고, 아이를 낳고, 1년에 한두 번 가족과 여행을 다니는 아주 평범하고 단순한 행복이 있는 삶을. 그리고 그때는 몰랐다. 그 모든 상상이 결국은 '그녀'와 연결될 줄은.

당시 내가 다니던 회사는 계열사만 수십 개에 달하는 대기업이었다. 조직은 보수적이었고, 누가 봐도 나는 출세와 거리가 먼 인물이었다. 나 역시 일찍이 그 운명을 받아들이고, 조용히 몇몇 사람들과 어울리며 평범한 직장 생활을 이어가고 있었다.

그러던 어느 겨울, 그룹 송년회가 열렸다. 나와 친한 일행은 주요 계열사 임원들과 겸상할 급이 아니었기에 호텔 연회장의 구석 자리에 앉아 차려진 음식을 즐길 뿐이었다. 그룹 회장님과 우리 계열사 대표님이 단상에 올라가서 말을 할 때는 '훌륭하고 좋은 말씀이겠지' 하며 박수를 치는, 딱 그 정도로만 행사에 참여하고 있었다. 그렇게 적당히 시간을 때우며 도망칠 타이밍만 재고 있는데 누군가 내 어깨를 툭 쳤다.

"김 대리, 저기 송 부장님 옆에 있는 사람 좀 봐. 우리 팀 신입이래."

입안 가득 닭고기를 우물거리던 나는 고개를 돌려 그쪽을 바라봤다. 첫인상은 강렬했다. 하이힐에 또렷한 이목구비, 다소 진한 화장, 그리고 어딘가 모르게 당당하고 세련된 분위기. 신입이라기보다는 외부에서 온 강사 같았다. 곧 누군가 그녀에 대한 간단한 정보를 알아왔다.

"K사 물류 프로젝트 때문에 일본 엔지니어들과 일할 때 통역 필요하잖아. 그래서 그쪽 경력자 채용한 거래. 통역도 하고 개발도 좀 한다고."

그때는 그냥 그런가 보다 했다. 예쁜데 능력도 뛰어난 사람이구나. 그 정도 감상만 간직한 채 나는 좋아하는 연어 초밥을 입에 밀어 넣었다.

그녀를 제대로 다시 마주한 건 이듬해 4월 초쯤이었다. 양평의 어느 펜션에서 팀 워크숍이 열렸는데, 나는 프로젝트 현장에 있다 가느라 차를 끌고 느지막이 도착했다. 직원들은 이미 삼삼오오 모여 고기를 굽고 있었고, 나는 뭐라도 도움이 되고 싶어 부랴부랴 상추를 씻어 왔다. 그런데….

"야, 김 대리! 상추를 따뜻한 물에 씻으면 어떡해!"

그때 처음 알았다. 상추는 따뜻한 물에 씻으면 안 된다는 걸.

이 어이없는 행동으로 분위기가 순식간에 반전됐다. 사람들은 깔깔댔고, 나는 멋쩍어 뒤통수를 긁적이며 빈자리를 찾아 앉았다. 바로 그때였다. 한 여성이 방금 도착한 듯 깍듯하게 모두에게 인사하며 앉을 자리를 찾았다. 두리번거리던 그녀가 내가 있는 테이블로 다가왔다.

"안녕하세요. 처음 인사드려요. 작년에 입사한 이소정이라고 합니다."

지난 송년회 때 봤던 예쁜'데' 능력'도' 있는 신입 직원이었다. 잠시 스쳐갔던 얼굴이지만 눈앞에서 밝게 웃는 모습이 왠지 낯설지 않았다.

"아, 네. 저는 김날입니다."

그렇게 우리는 지각생이라는 공통점으로 한 테이블에 앉았고, 그 테이블에 다른 사람이 오지 않아 계속 둘만 같이 있게 되었다. 우리는 서둘러 허기를 채운 후 둘만의 수다를 시작했다. 대단한 내용은 아니었다. 고기 질이 별로라는 둥 워크숍을 무슨 주말에 하냐는 둥 말만 대기업이지 복지가 구리다는 식의 사소하고 불만 섞인 잡담 정도였다. 그런데 이상할 정도로 말이 잘 통했고, 그 시간이 전혀 지루하게 느껴지지 않았다.

그리고 워크숍 마지막 날.

직원들은 가는 방향이 같은 카풀 파트너를 찾아 분주하게 움직였고, 나 역시 집에 돌아갈 준비를 하고 있었다. 그때 저 앞에서 누군가 뛰어왔다.

"김 대리님! 대리님! 저 좀 태워주세요!"

그녀였다. 잠시 의외라고 생각했지만 거절할 이유가 없었다. 하지만 애초에 내 의사는 고려 대상이 아니었다는 듯 그녀는 이미 조수석에 당당히 앉아 다리를 꼬고 있었다. 그런데 묘하게도 그 상황이 기분 나쁘지 않았다.

워크숍 이후 그녀와 나는 자연스레 연락하는 사이가 되었다. 별다른 일이 없어도 가끔 메시지를 주고받았고, 한두 번은 회사 근처에서 함께 밥도 먹었다. 하지만 그것도 잠시, 나는 프로젝트로 인해 갑작스럽게 그룹 계열사로 차출되어 보안상 개인 연락이 차단된 곳에서 근무하게 되었다. 그렇게 물리적 거리와 바빠진 일정 탓에 우리는 단순히 안부만 묻는 회사 동료로 남았다.

반년이란 시간이 훌쩍 지나고 겨울이 왔다. 찬바람이 세차게 불고 유난히 추웠던 어느 날, 우리는 오랜만에 연락을 주고받으며 신촌역 근처에서 저녁 식사를 하기로 약속했다. 나는 일찌감치 만나기로 한 장소에 도착해 그녀를 기다렸지만 약속 시간이 훌쩍 지나도록 그녀가 나타나지 않았다. 한 시간 정도를 혼자 길 위에서 떨다 슬슬 입 밖으로 입김 대신 불평이 나올 즈음, 그녀가 숨을 헐떡이며 뛰어왔다.

"헉헉. 대리님, 정말 정말 죄송해요. 차가 너무 막혀서…."

내 앞에 멈춰 선 그녀는 두 손을 무릎에 대고 숨을 몰아쉬었다. 방울이 달린 털모자를 쓰고 있었는데 가쁜 호흡에 맞춰 딸랑거리는 방울이 너무 귀여웠다. 그러니 웃으며 말할 수밖에.

"하하, 괜찮아요. 저도 방금 도착했어요."

훗날 그녀는 말했다. 그날 웃는 내 표정이 따뜻하고 좋아서 결혼을 결심했다고.

우리는 예약해두었던 밥집에서 식사를 한 뒤 근처 카페로 자리를 옮겼다. 한창 대화를 나누는데 그녀의 휴대폰이 울렸다. 고개를 살짝 돌려 전화를 받는 그녀의 얼굴 표정이 사뭇 진지했다.

"…그래? 아, 근데 잠시만… 지금 누구 좀 만나고 있어서 흠, 잠시만 기다려봐."

눈치를 살피는 모양새가 이상했지만 나는 모르는 척 딴청을 피웠다. 그녀는 전화를 끊지 않고 휴대폰을 손으로 살짝 덮더니 나를 응시했다. 그러고는 또박또박 말했다. 그녀의 표정에 놀라는 듯, 진지한 듯, 기대하는 듯 많은 감정이 차례로 나타났다.

"대리님, 지금 친구가 소.개.팅. 시켜준다고 연락한 거예요. 어떻게 할까요?"

그 당돌한 질문이 살짝 당황스러웠지만 내게 보내는 신호는 명확했다. 이걸 모르면 바보지. 나는 감정을 숨기고 진지한 척 연기했다.

"흐음… 왠지 그 남자는 별로일 것 같아요."

그녀가 대답을 듣고 활짝 웃었다. 그러고는 다시 나를 바라보며 말했다.

"봤죠? 저 인기 많아요. 빨리 결정 안 하면 놓친다고요."

무성영화의 한 장면처럼 그녀의 목소리보다 몸짓과 표정, 그리고 앉아 있는 풍경이 더 크게 눈에 들어왔다. 한번 털어놓은 마음은 숨길 수 없는지, 그녀의 모든 행동과 표정에서 나에 대한 애정과 호감이 드러났고 내게 온전히 전해졌다.

"제가 얼마나 인기가 많은지 모르시죠. 지난번에 이 차장님이…."

나는 잠시 지켜보다 적절한 타이밍에 말을 끊었다.

"나랑 만날래요?"

의도했던 대로 사귀자는 말을 들은 그녀는 숨을 고르며 조용히 미소 지었다. 사실 그전까지 그녀가 자신은 간 보고 재는 연애는 싫다고 몇 번이나 말했는데 둔한 내가 얼른 눈치를 채지 못하고 있었던 것이다.

우리는 그렇게 연인이 되었고, 회사 동료들에게 숨긴 채 비밀 연애를 즐겼다. 아니, 남들은 다 알고 있는데 우리만 비밀이라고 믿었던 그런 연애를.

하지만 사귄 지 2년 만에 위기가 찾아왔다. 비교적 부유했던 나의 부모님이 폭삭 망해버렸기 때문이다. 작은 병원을 운영하던 부모님은 서로의 노후를 응원하며 갈라섰지만, 얼마 지나지 않아 각자의 사정으로 파산했다. 그리고 어머니가 파산하는 과정에서 많지 않았던 내 저축마저 공중으로 사라졌다. 든든한 뒷배가 사라진 데다 수중의 돈마저 얼마 남지 않은 상황에서 정착을 바라는 그녀를 위해 내가 결정을 내려야 했다.

결국 그녀에게 이별을 통보했다. 가난한 결혼 생활은 그녀에게 큰 짐을 지울 뿐이라는 생각에서였다. 그나마 집안의 몰락을 가까이서 같이 지켜봤으므로 이해해줄 거라는 생각이 유일한 위안이었다. 헤어지던 날 그녀가 애절하게 울며 나를 설득하던 모습은 훗날 그녀와 결혼을 결심하게 된 가장 큰 이유이기도 했다.

"오빠, 혹시라도 결혼하고 싶은 생각이 들면 나에게 꼭 연락해."

헤어지고 6개월 동안 그녀는 가끔 이런 메시지를 보냈고, 그녀의 정성은 결국 나를 염치없는 놈으로 만들었다.

오랜만에 만난 그녀는 몸무게가 많이 늘어 있었다. 실연의 고통으로 폭식을 해서 살이 쪘나 했는데 나중에 그녀가 정정했다. 마음 편히 잘 먹어서 그런 거라고. 아무튼 이런 여자라면 결혼해도 괜찮을 것 같았다. 내가 조심스레 말했다.

“우리 다시 만날래?”

그녀는 한 치의 망설임도 없이 대답했다.

“아니.”

예상치 못한 반응에 잠시 당황했지만 곧 그 의미를 알았다.

“결혼할 게 아니라면 다시 만날 생각 없어.”

우리는 양가 부모님의 허락을 받을 생각은 하지도 않고 바로 예식장으로 갔고, 최대한 빠른 날로 결혼식 날짜를 예약했다. 그렇게 그녀는 5월의 신부가 되었다.

남들보다 부족하게 신혼 생활을 시작했지만 두 사람 모두 안정된 직장을 갖고 있었기 때문에 미래에 대한 큰 불안은 없었다. 우리는 처음부터 아이 없는 ‘딩크’로 살기로 합의했고, 대체로 불만 없는 신혼 생활이 이어졌다.

첫 보금자리는 내 직장과 가까운 낡은 전셋집이었다. 작고 오래된 그 집의 유일한 자랑거리는 거실을 가득 채우는 햇살이었다. 거실 창으로 들어오던 그 넓고 따뜻한 빛이 하늘에서 누군가 내려오는 길처럼 느껴질 때가 종종 있었다.

어느 날 아내가 큰 가방을 들고 급하게 집으로 들어왔다. 가방을 거실에 내려놓고 지퍼를 열자, 겁에 질린 고양이 한 마리가 주변을 경계하며 조심스레 걸어 나왔다. 거실을 비추는 한 줄기 빛은 이 녀석을 위한 장치였나. 따뜻한 빛줄기 사이로 들어간 작은 고양이는 긴장한 듯 그 자리에 멈춰 납작 엎드렸다. 작은 등에는 응급처치한 듯한 커다란 거즈가 붙어 있었는데 그 사이로 얼핏 빨간 혈흔이 보였다. 아내가 다정히 말했다.

"유미야, 다 왔어. 괜찮아."

유미라고 불린 그 아이는 아내가 결혼 전 키우던 고양이였다. 내게 고양이털 알레르기가 있어 결혼하면서 아내가 친정에 두고 왔는데, 장모님이 유미를 주택 지하실에 방치했다고 한다. 그러다 유미가 다른 고양이에게 물려 등 피부가 갈라지고 뼈가 보일 만큼 심하게 다쳤고, 그 사실을 알게 된 아내는 장모님과 크게 싸우고 무작정 유미를 우리 집으로 데려온 것이었다.

같이 살기 시작한 첫 1, 2년간 유미는 나를 무척 경계했다. 내가 옆을 지나갈 때면 앞발로 내 발목을 있는 힘껏 때렸고, 누워 있으면 몸을 밟고 쌩하니 지나갔다. 친해지고 싶어 얼굴을 들이밀면 냥냥 펀치를 날리거나 날카로운 발톱으로 할퀴는 일도 다반사였다. 아내 무릎 위에 올라가 있을 땐 항상 일자 눈을 하고 나를 주시하며 경계했는데, 자기가 아내와 더 친하다며 으름장을 놓는 표정이었다. 그 거만한 태도는 내가 자기보다 집 안 서열이 밑이라는 무언의 압박처럼 느껴졌다. 그런 상황을 뒤집기까지 꽤 시간이 걸렸던 것 같다.

유미랑 같이 살기 시작하면서 나는 심각한 비염에 시달렸다. 아내는 여러 가지 방법을 동원해가며 내 증상을 완화시키려 애썼지만 새집으로 이사하기 전까지 나는 눈물과 콧물, 재채기를 달고 살아야 했다.

시간이 지나면서 유미는 강력한 통치자인 아내 외에는 서열을 따지는 것이 의미 없다는 걸 깨달았는지 내게서 적대적인 태도를 지웠다. 그때부터 내 주위에 자주 누워 있었고, 내가 책상 앞이나 소파에 앉으면 종종 발등을 자신의 몸으로 덮었다. 푹신하고 사랑스러운 그 느낌은 유미와 나의 관계를 알려주는 일종의 신호등이었다.

"아이, 귀찮게… 왜 발 위에서 자고 그래."

나는 내 발등 위에 누워 자는 유미에게 혼잣말로, 그러나 아내에게 들리도록 얘기했다. 우리가 이만큼 친하다는 걸 알아달라는 듯이. 그러고는 유미가 깰까 봐 가능한 한 몸을 움직이지 않았다. 갈수록 가까워지는 유미와의 관계에서 나는 커다란 행복을 느꼈다.

조금씩 마음을 터놓은 유미는 그 후 많은 시간을 나와 함께했다. 먹고, 놀고, 싸고, 그루밍하고, 꾹꾹이하고, 자고…. 그렇게 우리는 한 해 한 해 함께 나이를 먹어갔다.

어느덧 열다섯 살을 넘긴 유미는 그루밍하는 시간이 적어지면서 겉모습이 점점 꼬질꼬질해져 갔다. 자는 시간도 길어져 하루 중 깨어 있는 시간은 고작 서너 시간 정도였다.

그래도 퇴근하고 집에 오면 내 뒤만 졸졸 따라다녔다. 심지어 볼일을 보러 화장실 문을 닫을 때도 그 잠깐을 못 참고 문 앞에서 울었다. 잠시 노트북 앞에 앉아 있을 때도 앞발을 내 발등에 올리고 있었다. 자려고 누우면 반드시 옆에 머물다, 내가 어슴푸레 잠에 빠져들 즈음에야 자기 자리로 돌아갔다.

유미는 우리 부부에게 매우 소중한 존재였다. 언젠가부터 유미는 아내보다 나를 더 따라다녔다. 그 이유를 아내는 이렇게 말했다.

"씻기고, 발톱 깎고, 털 빗는 것 같은 행동을 하는 사람을 싫어한대. 오히려 아무것도 안 하는 사람을 더 좋아한다더라."

맞는 말 같았다. 그리고 부부싸움을 크게 하고 나면 아내는 이 말을 덧붙였다.

"유미 없었으면 오빠는 벌써 나한테 버림받았어. 유미한테 고마워하면서 살아."

그때는 그 말을 단순히 유미에게 잘하라는 의미로 받아들였다.

어느 날인가부터 유미가 체중이 급격히 줄고 털이 빠지며 병색이 완연해졌다. 여러 병원을 돌아다녀봤지만 수의사들의 답변은 하나같이 부정적이었다. 회복을 기대하며 24시간 운영하는 동물병원에 입원도 시켜봤지만 월급보다 큰 청구서만 돌아올 뿐 차도가 없었다.

결국 유미를 집으로 데려왔고, 한동안 매일 우는 아내와 꼼짝도 안 하고 웅크려 있는 유미를 보며 우울한 시간을 보내야 했다. 그러다 극적으로 인터넷 카페에서 소문난 동물병원을 찾아냈고, 신부전과 당뇨 증상을 치료해 정상에 가깝게 회복시킬 수 있었다. 평생을 매일 오전과 오후 8시에 인슐린 주사를 놓고 지극정성으로 돌봐야 하는 수고는 유미와 함께 지낼 수 있다는 행복에 비하면 아무것도 아니었다.

건강을 회복한 뒤 다시 코를 골며 자는 유미를 볼 수 있어 정말 좋았다. 생긴 건 천사 같은데 코 고는 소리는 어쩜 그렇게 우렁찬지.

코오오오오옹 코오오오오옹—

이 소리, 이 평화에 나는 안도했다.

그리고 유미가 열일곱 살이 되던 해, 아내는 유미를 데려올 때의 그 허름한 가방에 다시 넣고 떠났다.

우리는 서로에게
다정하지 못해서

우리는 서로에게
다정하지 못해서

○

　　　　　결혼 후 6~7년은 별 문제 없이 지냈다. 이미 3년의 연애로 아내는 내 성향을 잘 알고 있었고, 나 또한 마찬가지였다. 하지만 알면서도 어쩌지 못하는 것이 하나 있었으니 바로 서로의 가족 문제였다.

　어머니는 파산과 회생을 거치면서 당신 몸 하나 겨우 건사할 수 있을 정도로 심리적으로나 신체적으로 크게 약해져 있었다. 굳이 경제 활동까지는 아니더라도 어머니가 집 밖에서 사람들을 자주 만나는 것이 좋을 것 같아서 나는 무엇이든 외부 활동을 해보시라고 계속 권유했고, 결국 어머니는 보험 판매일을 시작했다. 환갑이 넘은 나이에 잘할 수 있을까 싶었지만 어머니는 예상보다 훨씬 빨리 보험 판매에 적응했고, 곧 어느 정도의 수익을 거두게 되었다. 문제는 그다음이었다. 보험 판매라는 게 지인 영업이 끝나면 돌파구를 찾기가 쉽지 않은 일인 탓에 어머니가 매달 기본 실적을 채우기 위해 내 명의를 적극 활용했던 것이다. 나는 내가 할 수 있는 선에서 부족분을 메우는 식으로 어머니를 보조했다.

그러던 중 어머니가 몸이 아파 한 달 정도 일을 쉬게 되었는데, 그때 하필 거주하던 전셋집의 만기가 도래해 이사까지 해야 하는 상황이 되었다. 나는 바쁜 회사 생활로 이삿날을 잊어버렸고, 어머니는 나와 아내에게 연락하지 않고 조용히 집을 옮겼다.

다음 날에야 이사 날짜가 지난 걸 알아차린 나는 부랴부랴 어머니에게 전화했다.

"많이 서운하더라. 바쁘니까 그랬겠지만…."

"엄마, 미안해. 내가 깜빡하고 소정이한테도 말 안 했어. 내가 챙겼어야 했는데."

나는 어머니의 서운한 마음을 풀어드리며 아내가 날짜를 정확하게 몰랐다고 둘러댔다. 사실 어머니와 아내의 관계가 원만하지 않아 결혼 이후 내가 중간에서 다리 역할을 해야 할 때가 많았는데 그것은 내 평생의 과제였다.

어머니와 통화를 마친 후 아내에게 사정을 설명했다.

"어제가 이삿날이었는데 전화 한 통 없다고 좀 삐지셨더라고. 당신은 몰라서 연락 못 했다고, 나만 알고 있었는데 깜빡했다고 했어. 그래서 말인데 당신도 전화드리면 어떨까? 나한테 얘길 못 들어서 몰랐다고 하고."

아내는 진작 이사 비용에 보태시라고 돈을 보냈다며 투덜거리면서도 조금 뒤 어머니에게 전화해 부드럽게 대화를 나눴다.

며칠 후 어머니에게 연락이 왔다.

"저번 주 소정이랑 통화할 때 2만 원짜리 보험 하나만 해달라고 했고 돈은 엄마가 낸다고 했어. 해준다고 했으니까 판매 모니터링 전화 오면 완료 좀 해달라고 전해줘."

나는 여태껏 판매 기본 실적을 채우기 위해 내 명의를 쓰면서 당신 돈으로 관리한 것처럼 아내에게도 그러셨나 보구나, 하고 대수롭지 않게 여겼다. 퇴근 후 아내에게 통화 내용을 전달하자 아내가 불같이 화를 냈다.

"무슨 소리야? 내가 그때 생각해본다고 했지 한다고 하지 않았어. 자꾸 이런 식으로 일 처리하시는 거 정말 싫어."

나는 어리둥절해하며 되물었다.

"어? 엄마는 당신이 그렇게 하기로 했다고 알고 계시던데?"

아내는 목소리를 높이며 말을 이었다.

"나는 분명 생각해본다고만 했어."

상황이 예상과 다르게 흘러가고 있었다.

"그럼 취소해? 어차피 돈도 엄마가 내는 건데 그냥 좀 하면 안 돼?"

아내가 단호하게 말을 잘랐다.

"아니. 취소하시라고 해. 내 명의가 그렇게 쓰이는 거 나 진짜 싫어. 싫다고."

이게 이렇게까지 화를 낼 일인가 싶었지만, 나는 어머니에게 전화를 걸어 자초지종을 있는 그대로 설명했다. 어머니는 당황해하며 없던 일로 하겠다고 하셨다.

상황은 그렇게 일단락됐지만 갑자기 마음속 깊은 곳에서 분노와 짜증이 치밀어 올랐다. 결국 나는 거실 소파에 앉아 있던 아내에게 비난의 화살을 날렸다.

"이삿날 연락 못 드린 건 둘째치고, 병원 다니느라 한 달을 쉬신 분이 며느리 이름으로 보험 하나 넣은 게 그렇게까지 화 낼 일이야? 돈을 내달라는 것도 아닌데?"

아내도 지지 않고 말했다.

"이런 일이 처음인 줄 알아? 이름 빌려달라는 부탁, 나 그동 안 많이 참았어."

맞는 얘기다. 그녀의 말이 구구절절 다 옳았다. 하지만 그동 안 어머니와 아내 사이에서 내가 기울여온 노력과 품었던 선 한 마음이 다 부질없는 것이었다는 생각이 들자 서운함이 밀 려왔다. 결국 묵혀왔던 싸구려 감상이 터져 나왔다.

"너희 부모님은 노후 걱정 없는 부자이지만 우리 엄마는 겨 우 먹고사는 노인네야. 생계를 위해, 먹고살기 위해 며느리한 테 부탁한 건데 그거 하나 못 들어줘?"

아내는 갑자기 달라진 내 음성 톤에 놀랐는지 낮은 목소리 로 대답했다.

"그것도 그렇긴 해…."

거기서 멈춰야 했다. 하지만 그동안 억눌려 있다 폭발한 감 정에 점령당한 마음은 끝내 자제력을 잃고 말았다.

"너한테 시댁이라고 해봤자 우리 엄마 하나야. 네가 남들처 럼 시집살이를 하는 것도 아니고, 식구들이 우르르 몰려와서 간섭하는 것도 아니고, 너 수고스러울까 봐 몇 년 동안 우리 집 한 번을 안 오는 사람한테 뭐가 그렇게 삐뚤어져 있길래 그 렇게까지 하는 건데? 도대체 왜!"

1년에 두어 번 우리 부부가 찾아가는 가족은 어머니뿐이었다. 아버지와 형은 여러 이유로 나와도 소원했다. 누나와는 몇 년에 한 번 겨우 얼굴만 보는 사이였으니 결국 아내에게 시댁 식구라고는 어머니가 전부였다. 명절 외에 소소하게 방문해야 한다거나 처리해야 할 일은 당연히 내가 알아서 했다. 내 어머니의 일이므로. 내가 유일하게 같이 짊어지길 바랐던 단 하나의 요구를 부정하는 그녀가 서운하고 미웠다. 7년을 같이 산 사람이, 사정을 다 아는 사람이 그렇게 단호하게 선을 긋는 게 너무 매정하고 야속했다.

하지 말아야 할 말까지 해버린 나는 이내 후회하며 방으로 들어가버렸다. 그렇게까지 할 건 아니었는데…. 아내도 나름 대로 역할을 정해 그에 어긋나지 않게 노력하고 있었다. 다만 결혼하고 얼마 되지 않았을 때부터 어머니에 대한 아내의 불만은 점점 커져갔는데, 사실 내 눈에는 시집살이나 고부 갈등이라고 하기엔 어머니가 너무 약자로 보였다. 최소한 내가 보기에는 그랬다.

남들처럼 결혼할 때 그럴듯한 집이나 비용을 보조해주지 못한 것 때문에 항상 미안한 마음을 갖고 있던 어머니는 며느리에게 늘 말과 행동을 조심했다. 내가 모르는 어떤 스트레스가 있을지언정 고부가 바뀐 것처럼 행동하는 아내가 미웠고, 그날부터 우리는 입을 닫고 대화 없이 살기 시작했다.

그동안은 싸웠다가도 금방 화해하곤 했다. 그러나 이번만큼은 달랐다. 무려 일주일이나 대화를 하지 않고 지내고 나니 상황은 자존심 싸움으로 변해버렸다. 누가 이기는지 한번 해보자는 듯.

대체로 나는 화를 내는 경우가 적었다. 내가 화를 낸다면 반드시 아내가 납득할 만한 이유가 있었고(물론 지극히 주관적인 생각이다), 좀처럼 화내지 않는 내 성격은 아내도 인정해주는 부분이었다. 그래서 다툰 뒤에는 아내가 먼저 화해의 손길을 내미는 경우가 대부분이었다. 이번에도 그럴 거라 생각했다.

그러나 그건 착각이고 오만이었다. 마지막까지 내가 먼저 손을 내밀지 않은 가운데 우리는 그 어리석은 싸움에 마침표를 찍지 못했다. 그까짓 논리가 뭐라고, 부부 사이에 누가 옳고 누가 그른지 따지는 게 무슨 의미가 있다고.

이제 와서 돌이켜보면 연인이나 부부 간 다툼에서 누가 맞고 틀리는지는 큰 의미가 없다. 하지만 그때의 나는 여전히 '이길 수 있다'라는 착각 속에 머물러 있었다.

하필 그 시기에는 몸도 정상이 아니었다. 단순한 근육통이라 믿었던 어깨 통증은 일상생활이 어려울 만큼 심해져, 나는 결국 큰 병원을 찾아가게 되었다. MRI와 각종 검사를 마친 뒤 담당 의사가 빠르고 냉정하게 말했다.

"지체하면 전신마비가 올 수 있습니다. 가능한 한 빨리 수술해야 합니다."

청천벽력 같은 소리에 대체 무슨 말이냐고 되물으니 의사가 대답했다. 어깨가 아픈 것은 목디스크가 돌출되어 신경을 눌러서이지만, 이러다 척수가 손상되어 전신이 마비될 수도 있다고.

마음이 급해진 나는 의사에게 질문을 쏟아냈다.

"선생님, 죄송하지만… 요즘 불필요한 수술 권유가 많다고 들었습니다. 정말 그렇게 위험한 상태인가요?"

"전신마비가 올 겁니다."

"수술 후 오히려 상태가 나빠졌다는 사람들도 많던데요…."

"휴우, 그런 사람들만 인터넷에 글을 쓰니까요."

한심하다는 듯 한숨 섞인 대답.

의사는 눈앞에 쌓인 서류를 결재하듯 내게 눈길 한번 주지 않은 채 다음 환자를 불렀다.

"밖에서 실장님하고 수술 날짜 잡으시고. 다음 환자분!"

이제 그만 나가라는 축객령이었다.

집요하게 묻는 내가 귀찮았는지, 의사는 수술 안 하면 너만 손해라는 식으로 퉁명스럽게 말할 뿐이었다. 진료실 문을 나서며 생각했다. 이런 의사에게 내 몸을 맡길 수는 없어. 나는 당장 수술 날짜를 잡아야 한다는 의사의 의견을 뒤로하고 다른 병원에서 다시 검진하기로 마음먹었다.

냉전 중이었지만 그래도 검진 결과는 아내에게 알려야 할 것 같았다. 이 일을 계기로 다시 대화가 이어질 수 있다는 일말의 기대도 있었고. 하지만 흔한 디스크 수술 정도로 생각했는지 아내는 잠시 고개를 끄덕거릴 뿐 보고 있던 TV에서 눈을 떼지 않았다. 그 뒤 여러 가지 사정으로 수술은 계속 미뤄졌고, 계절이 두 번이나 바뀌었다.

다툰 이후 아내는 아침저녁으로 스포츠센터에서 수영과 요가를 하며 시간을 보냈다. 반대로 나는 보존치료를 하기 위해 출근 외에는 외출을 자제했고, 방에 틀어박힌 채 골치 아픈 상황을 잊으려 애썼다. 그때쯤 회사에서도 업무가 폭주한 데다 그나마도 잘 풀리지 않아 스트레스가 이만저만이 아니었다. 피할 수 없는 야근과 잦은 주말 출근으로 몸은 점점 더 망가져 갔다. 이토록 가정과 직장 둘 다 힘든 상황이라니… 처음 겪어보는 생지옥이었다. 몸의 통증과 이상 증상도 점점 심해지고 있었으니 부부 관계를 개선하기 위한 마음의 여유와 의지가 정상일 리 없었다. 우리는 점점 동거하는 남남이 되었고, 식사조차 같이 하지 않는 날이 많아졌다.

어느 날부터인가 아내는 떠날 날을 준비하는 사람처럼 자신의 물건을 처가로 옮기거나 처분하기 시작했다. 아내가 취미로 연주했던 첼로와 전자 키보드가 사라지고 알 수 없는 빈 공간이 매일 조금씩 늘어났다.

다시 겨울이 되고, 우리는 문자 메시지로 이혼에 합의했다.

이때 나는 심리적으로 완벽한 외톨이였다. 이런 상황을 누구에게 털어놓을 자신도 없었다. 혼자라는 불안을 이기기 위해서라도 건강해져야겠다고 어렴풋이 생각한 나는 미뤄왔던 수술을 하기로 결심했다.

수술 직전, 병원에서 아내에게 메시지를 보냈다.

─혹시 내가 잘못되면 우리가 나눈 재산 중 내 몫은 어머니께 드렸으면 좋겠어.

아내는 아무 대답도 하지 않았다. 비록 이혼에 합의하고 입원한 상황이었지만 진정으로 결심이 선 것은 이 순간이었다.

　재산 분할을 위해 매물로 내놓은 공동 명의의 집은 좀처럼 원하는 가격에 팔리지 않았다. 결국 나는 지인들에게 돈을 빌려 아내가 원하는 만큼의 액수를 송금했다. 더 이상 같이 살 이유가 없어진 아내는 입금액을 확인한 후 자리에서 일어나 주차장으로 향했다.

　며칠 전부터 주차장에 서 있던 아내의 '새삥' 자동차에 얼마 안 되는 마지막 짐과 유미가 실렸다. 유미는 8년 전 처음 봤던 그 이동장 안에서 아무것도 모르는 얼굴로 나를 쳐다보고 있었다. 시동을 켜고 운전대를 잡은 채 잠시 나를 바라보던 아내가 말했다.

　"잘 살아."

　그리고 그 한마디를 남긴 채 핸들을 돌렸다. 떠나가는 차 뒷모습을 바라보는데 만감이 교차했다. 책에서나 보고 영화 장면으로나 접했던 일들이 눈앞에서 벌어지고 있었다.

　그녀와 유미를 보낸 후 엘리베이터를 타는데 경험해보지 못한 감정이 가슴을 짓눌렀다. 현관문의 비밀번호를 누르는 행동조차 낯설고 어색했다. 집 안은 한없이 허전했고, 거실과 방들은 사람인 양 외로워 보였다.

입원부터 퇴원까지 모든 과정을 지켜보았던 어머니는 이혼 후 두세 시간이 멀다 하고 전화를 하셨다. 그러던 어느 날, 냉장고에 남은 반찬 이야기를 하다 울먹이셨다.

"10년을 같이 지냈는데… 같이 산 정이 있는데… 어떻게 결혼해서 처음 입원한 남편에게 한번 안부도 묻지 않고 괜찮냐는 전화 한 통도 없을 수가 있니. 그동안 네가 아픈 몸을 이끌고 모든 걸 혼자 감당하며 괜찮은 척한 거 다 알아. 그 시간이 얼마나 고통스럽고 힘들었겠어."

어머니의 말에 그동안 간신히 지켜왔던 자존심이 무너지면서 눈물이 쏟아졌다. 누가 알아주길 바란 건 아니었지만 그 한마디는 나를 사정없이 흔들었다. 부정하고 싶었던 사실이었을까? 그 순간 깨달았다. 스스로 강하다고 생각해왔지만 나는 한없이 약한 사람이라는 걸.

나는 2남 1녀 중 막내다. 장남인 형은 대학 시절 PC방을 창업했는데 90년대 후반이던 당시 '스타크래프트'라는 세기의 명작 게임이 한국에 상륙했다. 초창기 PC방은 이 게임의 전작 '워크래프트'를 기반으로 로컬 네트워크를 연결해 몇몇이 노는 보드게임방 수준이었다. 그러다 고속 인터넷이 확산하고 '스타크래프트'라는 콘텐츠가 보급되면서 대학가를 중심으로 우후죽순 PC방이 늘어났다. 그에 맞물려 형은 PC방 프랜차이즈로 사업을 늘려나가 몇 년간 승승장구했다. 일찍 성공을 맛본 형은 더 큰 꿈을 꾸며 다른 영역으로 규모를 확장했지만, 몇 번의 좌절을 겪고는 더 이상 성공가도를 달리지 못했다.

누나는 학창 시절 공부와 담을 쌓았지만 노래에 재능이 있었다. 고등학교 시절 청소년가요제에서 입상을 하자, 이를 눈여겨본 부모님이 전폭적으로 지원해주기 시작했다. 어느 날 누나는 몇 번의 오디션 끝에 만들게 된 데모 앨범을 먼저 집에서 틀어줬는데 나 같은 막귀가 들어도 매우 매력적인 곡이었다. 그런데 앨범 계약 직전 알 수 없는 이유로 멤버가 교체되며 누나가 배제되었다. 크게 실망한 누나는 식음을 전폐하며 방 안에 틀어박혔고, 그 모습을 가족 모두가 안타깝게 지켜보았던 기억이 지금도 생생하다.

그러나 전화위복으로 당시 앨범 작업을 같이 한 지인이 누나의 재능을 잊지 않고 다른 기획사에 소개했고, 그렇게 만든 1집 앨범은 말 그대로 대박이 났다. 먼저 녹음하여 참여할 뻔했던 곡과 누나가 정식으로 낸 곡이 어느 가요 프로그램에서

1, 2위를 다투던 모습은 우리 가족만 아는 특별한 추억이다. 당시 앨범이 백만 장 이상 팔리는 큰 성공을 거뒀지만 누나는 당시 한국 연예계의 관행이었던 불공정계약과 기타 다른 이유들 때문에 제대로 된 돈을 만져보지 못했고, 훗날 멤버들과 기획사까지 차렸지만 결국 실패하고 말았다.

형과 누나에 비하면 나는 줄곧 평범한 샐러리맨으로 살았다. 본격적인 사회 생활을 시작한 후 계속 서울에서 거주한 데다 가족들에게 나는 언제나 철없는 막내였기 때문에 집안 소식은 항상 맨 나중에야 알게 되곤 했다.

우리 삼 남매가 심리적으로 여유로울 수 있었던 건 모두 부모님 덕분이었다. 아버지는 여러 사업 끝에 소위 '사무장 병원'이라는 것을 하기 시작했고, 지역 대형 교회와 연계해 사업을 크게 확장해 나갔다. 그 경험을 바탕으로 다른 의료법인의 투자를 받아 규모가 큰 요양병원도 짓고 운영도 맡게 되었다. 당시 아버지의 경제력은 꽤 수입이 컸던 형과 누나를 압도할 정도였다. 어머니는 20년간 공무원으로 근무하다 퇴직한 뒤 아버지가 운영하던 병원 두 개 중 한 곳에 운영이사로 참여하고 있었다.

누가 봐도 영원히 행복할 것 같았던 우리 가족에게 비극은 소리 없이 찾아왔다. 교회에서 만난 젊은 전도사와 바람이 난 아버지는 끝내 어머니에게 용서받지 못했고, 우리 가족은 뿔뿔이 흩어져 각자 홀로서기를 했다. 내가 결혼하기 2년 전의 일이다.

그 후 병원 중 한 곳은 어머니가 홀로 맡아 운영했다. 하지만 아버지가 운영에서 손을 떼자 2년 만에 부도가 났고, 어머니 소유의 집은 경매에 부쳐졌다. 나중에 알게 된 소식이지만 아버지가 운영하던 또 다른 병원도 망했고, 아버지는 어머니를 버리고 만난 그 여자와도 결별했다고 했다. 막장드라마에서나 볼 법한 이야기지만 모두 내가 맞닥뜨린 현실이었다. 이후 굳이 의논하고 정한 건 아니지만 형은 아버지를, 나는 어머니를 부양하게 되었다.

시간이 지나 어머니에게 슬며시 말을 꺼낸 적이 있다.

"엄마, 이제 시간도 꽤 지났는데 아빠 얼굴 한번 보는 건 어때…?"

어머니가 아버지를 용서하고, 두 분이 서로 의지하며 노년을 보냈으면 하는 바람에서 한 말이었다. 하지만 어머니는 내 말을 더 들어보려고도 하지 않았다.

"다시는 그런 소리 하지 마라. 엄마가 아빠 때문에 얼마나

고생했는데. 생각하면 너무 화가 나고….”

아버지를 향한 어머니의 원망은 상상 이상으로 크고 깊었다. 그 후 어머니는 내게 아버지와 연락하지 말았으면 하는 은근한 바람을 내비쳤고, 나는 그 뜻에 따랐다.

이런 과정을 거치면서 어머니와 나는 경제 공동체가 되었다. 나는 이참에 어머니에게 인천 집을 정리하고 서울에서 같이 살자고 제안했지만 어머니는 거절했다.

“네가 나중에 여자라도 만나려면 내가 들어가면 안 돼. 그리고 엄마는 친구가 모두 인천에 있어서 여기가 좋아.”

그때는 도통 이해가 되지 않았던 그 말의 뜻을 훗날 깨닫게 되었다.

나는 유복한 가정의 막내아들로 태어나 큰 어려움 없이 유년기와 청소년기를 보냈다. 대학을 졸업하고 직장을 다니면서는 바쁘다는 핑계로 집안일에 무관심했다. 군대조차 특례로 대체 복무한 덕에 생활 기술 면에서는 대한민국 평균 이하의 남성이었다. 사회는 물론 집에서도 온갖 보호막 속에 안락하게 살았음은 부정할 수 없는 사실이었다.

서른 살쯤 직장이 멀다는 이유로 부모님 집을 나와 혼자 살기 시작했다. 하지만 독립이란 말이 무색하게도 주말마다 여자 친구가 찾아와 청소며 빨래며 온갖 집안일을 해주었다. 나는 그것을 당연한 호의로 받아들였고, 그런 미성숙한 삶의 태도는 결혼 후까지 고스란히 이어졌다. 그러니 부족한 내 모습은 아내에게 스트레스 그 자체였을 것이다.

"옷은 색깔별로 나눠서 빨래통에 넣으랬잖아!"

"청소하려면 구석구석 해야지. 쓰레기통 밑은 왜 이렇게 더러워?"

"오빠, 오줌 누고 제발 변기 주변은 좀 닦고 나오자."

"설거지하면 물 튄 자리는 닦아야 할 거 아냐."

"아 진짜, 어쩜 그렇게 할 줄 아는 게 하나도 없니."

아내는 청소와 설거지 위주로 나름 내가 할 만한 일을 정해주었지만 그것만으로는 가사 분담이 제대로 되지 않는다며 결혼 생활 내내 불만을 토로했다. 나 역시 그 부분에 심정적으로 동의했지만, 게으름 때문인지 아내를 충분히 만족시키기가 쉽지 않았다.

이혼을 한 이후에는 나를 도와줄 사람도, 나 대신 집안일을 할 사람도 없었다. 오롯이 나 혼자 생활을 책임져야 했다. 젊은 날의 도련님 버프는 사라진 지 오래였다.

혼자가 된 후 가장 먼저 정리해야 했던 것은 돈에 관한 부분이었다. 나는 공과금의 명의를 바꾸고, 자동이체 등을 설정했다. 결혼 생활 당시 모든 경제권은 아내에게 있었으므로 이혼 후 한동안은 그 부분을 물어보고 해지 및 재등록하느라 연락을 해야 했다. 돈에 관해서는 매정하리만큼 철저했던 그녀는 단 1원도 어긋나는 것을 용납하지 않았다. 그런 성정을 너무나 잘 알고 있었으므로, 나는 토씨 하나 달지 않고 그녀가 원하고 말하는 대로 따랐다.

두 번째로 해결해야 하는 것은 식사였다. 혼자가 되고 보니 먹는 것이 생각보다 큰 문제였다. 평일엔 회사 동료들과 이런저런 일로 식사를 같이 할 수 있었지만 주말은 달랐다. 할 줄 아는 요리라곤 라면 끓이기가 전부인데 배달 음식은 또 영 내키지가 않았다. 동네 반찬가게에서 좋아하는 반찬 몇 가지를 일주일 정도 먹을 생각으로 고르고 나면 5만 원이 훌쩍 넘었다. 이것저것 꼼꼼하게 계산하지 않아도 들어가는 비용이나 시간이 밖에서 사 먹는 것보다 나아 보이지 않았다. 이런저런 고민 끝에 어머니에게 연락을 했다. 그래서 나온 솔루션은 햇

반과 컵밥에, 반찬은 어머니에게 공수받는 것.

　세 번째 해결해야 할 문제는 청소와 빨래였다. 나는 선천적으로 털과 먼지 알레르기가 심했던 터라 세탁기와 건조기를 수시로 돌렸는데 그 과정을 통해 어렴풋이 알게 되었다. 흰옷과 색깔 옷을 분리해야 하는 이유를. 그리고 수건은 따로 세탁해야 하고, 물로 빨면 안 되는 옷도 있다는 걸. 혼자가 되고 나서야 나는 매일 집 안 곳곳을 쓸고 닦으며 위생에 신경 썼고, 이불 진드기 걱정에 별도의 청소기까지 구매할 정도로 청소에 열중했다. 먼지 한 톨도 용납하지 않으리라 다짐하면서.

　마지막 과제는 생활용품 구비였다. 아내는 이혼하며 본인이 구매한 집기를 다 가져갔는데, 나의 개인용품을 제외하면 생활용품의 거의 전부라고 할 정도였다. 집에 주방 식기, 청소 도구, 생활 도구, 관리 도구 등이 전무했으므로 나는 동네 ‘다이소’를 내 집처럼 들락거리며 필요한 살림을 채웠다.

　유튜브와 다이소는 나를 1인 가구형 인간으로 나아가게 해주는 기초적이고 필수적인 학습 도구이자 실습 공간이었다. 나는 사회 초년생의 마음으로 모든 걸 하나하나 배우며 적응해갔다.

　하루는 베란다 창틀을 닦고 있었는데 청소하고 싶은 곳이 교묘하게 좁고 깊었다. 아무리 해도 닿지 않아 젓가락에 휴지를 감아 긁어보기도 하고 청소기로 빨아들여보기도 했지만 효과가 없었다. 창틀 먼지 하나 제거하는 것도 이렇게 힘이 드는데 그녀는 그동안 얼마나 많고 귀찮은 상황을 홀로 해결했을까. 왠지 모를 미안함이 밀려왔다. 그동안 모른 척해온 모든 일들에 대한 죄책감이기도 했다.

청소기 소리를 듣고도 일어나지 않고 눈치만 살피던 나, 물기가 가득한 빈 싱크대를 보며 언젠가 마를 거라고 생각했던 나, 냉장고 안에 어떤 음식이 있는지 몰라 아내만 찾던 나….

이 모습들이 합쳐져 지금 이 고요한 집 안에서 준엄하게 나를 꾸짖고 있었다. 더불어 사소한 물품마저 남김없이 가져간 그녀의 무정함이 꼭 의도된 연출 같다는 생각이 들었다. 생활에 반드시 필요한 식기와 조리 도구도, 옷가지를 걸기 위한 행거도 사라져 하나하나 구비해야 했던 수고로움은 그녀가 나에게 주는 메시지였을까.

'오빠가 하나하나 다 사고, 무엇이 필요하고 무엇을 관리해야 하는지 모두 느끼면서 내가 있었던 시간의 소중함을 알고 평생 후회하며 살아.'

아내가 떠난 날, 좀처럼 꾸지 않는 꿈을 꿨다.

어딘지 모르는 이상한 동네였다. 나는 한 번도 가본 적이 없는 길을 걷고 있었다. 저 멀리서 고양이가 나를 보더니 앞서갔다. 그리고 내가 오는 것을 기다리다 다시 앞서갔다. 나는 신기해하며 계속 따라갔다. 고양이는 계속 따라오라는 듯 한 번씩 나를 쳐다보고는 다시 걸어갔다.

냐아옹─

고양이를 따라 한참을 걷다 보니 건설 현장이 나타났다. 하지만 공사가 중단된 지는 한참 돼 보였다. 고양이는 그곳에 멈춰 서더니 나를 쳐다보고는 폐자재가 쌓여 있는 한구석으로 갔다. 나는 덜컥 겁이 나서 걸음을 멈췄지만 고양이는 계속 나를 기다리며 울었다.

냐옹─ 냐옹─

할 수 없이 나는 큰맘을 먹고 건설 현장에 진입했다. 고양이가 사라진 폐자재 더미 속에는 새끼 고양이 두 마리가 마주 보고 누워 있었다. 나도 모르게 새끼 고양이들을 가슴에 안고 길거리로 나왔다. 집으로 가서 물과 사료를 주고 싶은데 집이 어딘지 몰라 당황스러웠다.

꿈에서 깬 뒤 베란다로 나가 담배를 한 대 물었다. 아무리 생각해도 꿈이 너무 생생했다. 그리고 깨달았다. 오늘은 일요

일이고, 이혼 후 혼자 보내는 첫날이라는 걸. 평소 아침 식사를 챙겨 먹지 않는데도 먹을 게 아무것도 없다는 사실이 서글펐다.

　가끔씩 동네에서 스쳐 지나가는 단란한 가족들에게 시선이 가 머문다. 엄마 아빠 손을 잡고 어딘가로 서투르게 걸어가는 아이들. 행복은 저 시간 속 어디쯤에 있을까? 내 눈에 비치는 저 가족의 따뜻한 어울림이 부럽다. 가족의 중심에 있는 순진무구한 아이의 존재가 유독 반짝인다.

　그때 우리가 아이를 낳지 않기로 한 건 과연 잘한 선택이었을까.

　나는 나를 너무 사랑했다. 그래서 내 사랑이 혹여 아이에게로 옮겨갈까 두려웠다. 나는 나를 사랑하는 것만큼, 아니 그 이상을 아이에게 헌신할 것이 분명했다. 그래서였을까. 성공을 장담할 수 없는 미래를 위해 2세 계획을 계속 미루고 회피했다. 물론 나의 생물학적인 유전자를 물려주고, 자아가 형성되는 기간 동안 지극하게 보살펴 내 안의 가치관을 아이에게 빚음으로 유한한 생명을 가진 나에게 무한을 꿈꾸게 하고, 결국 그 꿈을 이루기 위해 수고하는 과정이 행복의 궁극적인 도달점일 수도 있다고 생각했다. 하지만 그런 불확실한 행복을 추구하기에는 나와 내 주변의 '먹고사니즘'이 중요했고 예측할 수 없는 변수도 너무 많았다.

지금도 가끔 내 아이를 품고 키우는 삶을 상상한다. 언젠가는 나도 멋진 아빠가 되어 아이들과 가족이라는 테두리 안에서 든든한 버팀목 역할을 할 거라는. 쉽지 않겠지. 젊고 건강할 땐 '딩크'라는 선택을 자유라 여겼지만, 중년의 돌싱이 된 지금은 그 자유마저 희미한 미련으로 바뀌고 있다.

아내도 아이를 갖는 것에 부정적이었다. 그녀는 아이를 그다지 좋아하지 않았고, 임신과 출산을 통해 몸이 급격히 노화되거나 망가질까 봐 두려워했다. 하지만 지금 생각해보면 그녀가 진짜로 두려워한 것은 우리 관계 자체에 대해 확신이 없다는 것이었는지도 모르겠다.

언젠가 그녀가 평소와 다르게 이런 질문을 던진 적이 있다.

"오빠, 혹시 아이 갖고 싶은 생각은 없어?"

"갑자기?"

나는 모른 척 되묻는 것으로 넘겼다. 그녀가 조용히 말끝을 흐리며 덧붙였다.

"정말 육아를 혼자 하겠다는 마음이 들면… 그때 말해줘."

그건 곧 '정말 육아와 관련된 모든 걸 감당할 자신이 있느냐'라는 물음인 동시에 지금 그나마 누리고 있는 시간과 경제적 여유를 포기해야 한다는 의미가 포함된 말이었다. 나는 웃으며 대답했다.

"그냥 생기면 낳지 뭐."

장난처럼 말했지만, 명백한 회피였다. 그녀가 원하는 건 책임감 있는 대답이었고, 나는 끝내 그 질문의 무게를 받아들이지 못했다. 우리는 그 대화 이후 다시는 2세를 논하지 않았다.

나 또한 그녀와 백년해로할 자신이 없었던 건 아닐까? 나는 아내를 사랑했고 미래를 의심하지 않았다. 곁에 없으면 죽을 것 같은 사랑은 아닐지언정 함께 늙어가도 좋겠다는 마음은 변한 적이 없었다. 불꽃처럼 타오르는 격렬한 사랑이 아닌 잔잔하고 배신하지 않는 사랑.

순정파인 나는 가끔 마음속으로 '생사의 갈림길에 놓이면 내가 대신 죽어야지' 같은 유치한 상상을 하곤 했다. 그런 상상을 하며 그녀와의 관계를 확인했고, 내 옆에 그녀가 있다는 데 만족했다. 물론 이런 유치한 상상을 입 밖으로 꺼내진 못했지만.

그럼에도 아이에 대한 확신이 없었다. 아기가 성장해서 성인이 되기까지 들어가는 비용을 계산했고, 그 비용이 우리에게 줄 수 있는 가치와 비교했다. 그것은 비교 불가의 영역인데 계속 그 두 가지, 비용과 행복을 저울질했고 끝내 결론을 내리지 못했다.

그러던 중 고양이 유미가 내 앞에 나타났다. 아이를 대신한 유미에게 나는 줄 수 있는 모든 애정을 주었다. 유미는 언젠가부터 우리의 아이였고, 유미와 같이 숨 쉬는 것이 우리에겐 지극한 행복이었다. 유미에게서 나는 주기만 해도 괜찮은 사랑을 배웠다. 그전까지는 믿지 않았던 유형의 사랑, 주기만 해도 행복한 사랑, 돌려받지 못해도 억울하지 않은 사랑. 그 사랑 덕분에 나는 조금 더 사랑하는 법을 알게 되었다.

딩크로 살기로 한 것은 정말 옳은 결정이었을까. 지금도 그 의문은 풀리지 않는다. 앞으로도 잘 모르겠지. 아마도.

나는 다정하지 못한 사람이었다. 사실 다정에 대해 깊이 생각해본 적도 없었다. 결혼과 이혼이라는 인생의 큰 굴곡을 겪고 난 후에야 다정함에 대해 비로소 고민하게 되었던 것 같다. 단순히 상대방에게 관심을 갖고 상황에 따라 말을 듣기 좋게 하는 것만이 다정함이 아니라는 것을 깨달은 지는 얼마 되지 않았다.

최근 느낀 다정은 애정을 갖고 그 사람을 주시하고, 시간을 같이 보내며, 내 몸같이 아끼는 것을 통해 가능한 그 무언가였다. 주변의 모두에게 그럴 수 있다면 좋겠지만 내 시간과 감정의 크기는 정해져 있다. 그렇다면 선택과 집중을 통해 소수에게라도 최선을 다해 다정함을 나눠주어야겠지.

결혼 생활 내내 나와 아내는 서로에게 다정하지 못했다. 그냥 얘기를 잘 들어주고 예쁜 말만 골라 하는 것이 다정은 아니었다. 우리는 다정에 대해 알지 못했다.

나는 많이 아팠고 아내는 네 몸은 네가 알아서 하라는 듯 무정했다. 당시에는 대수롭지 않게 넘어갔지만 뒤늦게 돌아보니 그게 우리가 살아온 패턴이었다. 그녀가 아프고 힘들 때 나는 챙겨주고 신경 써 주었던가? 확신이 들지 않았다. 그랬기에 그녀 또한 내가 아프고 힘들 때 손 내밀지 않은 거겠지. 그것이 이혼이라는 생각지 못한 사건의 단초가 될 것이라고는, 서로에게서 멀어지는 계기가 될 것이라고는 짐작조차 못 했었다.

나는 어떤 남편이었을까.

남자가 여자에게 줄 수 있는 것은 비전, 믿음, 듬직함이라고, 그게 전부라고 착각했던 것 같다. 연애하던 시절, 아내는 대체로 그런 모습을 좋아해주었으니까. 하지만 나는 일에 집중한다는 이유로 그녀에게 소홀했다. 전적으로 내 잘못이었다. 반성한다고 그 시절을 되돌릴 수 있는 건 아니지만.

나는 부족하고 미완성인 남자이자 남편이었다. 부끄럽게도 너무 쉽게 생각하고, 말하고, 행동했다. 좀 더 다정하게 말하고, 행동하고, 이해하려고 했다면 돌싱이 되어 이런 반성을 하는 일은 없었겠지. '타인에게 시간을 주는 것은 곧 사랑을 주는 것'이라는 말처럼 우린 더 많은 시간을 함께하며 공감을 나누어야 했다.

정이 많다는 뜻의 다정多情. 이 말이 단순히 아끼고 사랑한다는 것만을 의미하지는 않을 것이다. 그 말의 참뜻은 어쩌면 배우자 혹은 연인의 눈과 귀와 입이 되고 또 팔다리가 되어, 대신 말하고 듣고 움직이는 것에 더 가까울지도 모른다. 그렇게 되었다면, 아니 서로 흉내라도 내보려고 했다면 얼마나 좋았을까.

한 '겁'은 '3천 년에 한 번씩 지상에 내려오는 하늘의 선녀가 집채만 한 바위를 옷깃으로 한 번씩 쓸어 닳아 없어지는 시간'이라고 한다. 그리고 부부의 인연을 맺기 위해서는 몇천 겁의 연이 전생에 있어야 한다고 한다. 그런 부부의 인연을 너무 소홀히 여겼으니 난 참 모자라고 부족한 사람이다.

그래서 이제부터라도 매일 조금씩 더 다정해지려고 한다. 남은 인생이라도 후회하지 않도록.

잘 가라,
나의 빛나던 청춘아

잘 가라,
나의 빛나던 청춘아

o

　　　　"오랜만이야 오빠, 잘 지내지? 결혼 생활은 어때?"

이혼이란 남의 얘기라고만 생각하고 살던 어느 가을, 갑자기 회사 근처로 아는 동생이 찾아왔다. 거의 7년 만에 보는 얼굴이라 반가우면서도 알 수 없는 불안감이 엄습했다. 그도 그럴 것이 그녀와 나는 과거에 연인 사이였기 때문이다.

"별일 없이 잘 지내지."

대답을 들은 그녀는 다행이라고 말하며 미소를 지었다. 오랜만에 만난 우리는 서로의 근황을 물었다.

"요새 무슨 일 해?"

"응. 부천에서 피부 관리하고 있어. 다닌 지 꽤 됐어."

잠시 자신이 하는 일에 대해 설명하던 그녀가 내게 물었다.

"근데… 결혼 생활에는 만족해?"

뜬금없는 질문에 잠시 머리가 복잡해졌다.

만족의 경계는 지극히 주관적이다. 당시 나는 불만이 없다면 만족이라고 생각하고 있었다.

"응. 잘한 거 같아. 너는?"

"그럭저럭."

나를 찾아온 다른 이유가 있을 법했지만 특별한 말이 없길래 굳이 묻지 않았다. 짧은 저녁 식사를 마치고 다음에 대한 기약 없이 그녀는 돌아갔다.

몇 달 후 그녀에게 메시지가 왔다.

"오빠, 별일 없지? 나 이혼했어. 어쩌다 보니 사정이 그렇게 됐네. 그때 만나서 얘기하고 싶었는데 완전히 끝나지 않은 상태라 못 했어."

"진짜? 아이고, 많이 힘들었겠다. 마음은 좀 괜찮아? 힘내고. 근데 어쩌다가…."

그녀의 이혼 사실을 듣고 전에 나를 찾아온 이유를 짐작했다. 상의하고 싶었던 거겠지. 주변 사람이 아닌 다른 누군가와. 어쩌면 자신을 잘 아는 사람과.

"전남편이 친구도 못 만나게 했어. 술도 못 먹게 하고. 숨 막혀서 같이 못 살겠더라고. 남편이 절대 이혼은 안 된다고 버티다가 결국 사인해줬어. 이제 난 다시 인천으로 돌아가. 오빠도 잘 살아. 다음에 연락할게."

그때까지만 해도 그냥 평범한 이혼 얘기인 줄 알았다.

내가 30대 초반일 때 친한 형이 양주를 파는 가게를 오픈했다. 당시 유흥가로 엄청 핫했던 인천 부평에서는 여기저기 이 가게 같은 위스키 바가 성행하고 있었다. 경기가 좋은 시절이었는지, 흥이 잔뜩 오른 손님들은 그 비싼 양주를 겁도 없이 시키곤 했다.

그 바의 사장 형은 나와 10년 된 베프여서, 나는 퇴근 후 가끔 바에 들러 형과 시간을 보내곤 했다. 가게 이름도 촌스러운 'O BAR(오빠)'였지만, 매니저로 뽑은 여직원이 일을 야무지게 해 꽤 손님이 많았다. 하지만 다른 직원들은 아직 뽑지 못했을 때라 매니저 혼자 고군분투하고 있었다.

가게를 오픈한 지 한 달 정도 지났을 무렵 매니저가 자신의 동창이자 절친이라는 여성을 한 명 데려왔다. 175센티미터의 큰 키에 이국적인 외모의 미녀였다. 그 두 명이 메인이 되고 몇몇 여성이 파트타임으로 자리를 잡으면서 O BAR는 점점 단골이 늘어갔다.

선천적으로 알코올과 안 친한 몸뚱아리 때문에 나는 가게 여직원들하고 한잔하며 친해질 일이 없었지만, 유일하게 오픈 때부터 알고 지낸 매니저와는 가깝게 지내고 있었다. 어느 날 매니저 미실이 내게 말했다.

"오빠, 동암의 동진이 오빠 알죠? 제 남자 친구가 오빠랑 동갑인데 동진이 오빠하고도 친구래요."

"그렇구나. 나 근데 동진이랑 아주 친한 사이는 아니야."

동진이란 놈은 소위 인천 대장으로 불리던 일진 출신으로, 건달 무리에 잠시 몸담았다 빠져나온 한량이었다. 그리고 미실의 남자 친구는 현역 건달이었는데 굳이 이름까지 알 필요는 없을 것 같아 그냥 흘려들었다.

그러던 어느 날, 그 건달이 미실과 연락이 두절됐다며 열이 잔뜩 받아 가게로 왔다. (나중에 듣고 보니 미실은 자주 연락을 끊고 잠수를 탄다고 했다. 특히 술에 취했을 때.) 웬 덩치 큰 곰 한 마리가 가게에 들어와서 씩씩대는 것이 금방이라도 사고가 날 것 같은 일촉즉발의 상황이었다. 미실이 남자 친구의 성격을 한번 말한 적이 있었다. 그는 그녀가 잠수 타면 어떻게든 수소문해서 찾아내는데, 헐크로 변해 주변을 위협하고 물건을 부순다고 했다. 그러나 지금 미실은 취해서 성난 곰 따윈 안중에도 없어 보였다. 오히려 남자 친구를 더 열받게 하려는 듯 자기 앞에 있는 손님에게만 온 신경을 집중하고 있었다. 아무것도 모르는 채 어떻게든 미실의 환심을 사려고 노력 중인 저 중년 아저씨는 지금 자기 목숨이 왔다 갔다 하고 있다는 걸 알기나 할까.

아무도 뭐라 하지 못하고 전전긍긍하는 사이, 사장 형이 내 등을 떠밀었다. 열받아 있는 곰과 내가 한 다리 건너 친구라는 사정을 들어 알고 있었기 때문이다.

"휴, 저러다 사고 나겠다. 네가 좀 가서 해결해봐."

사실 나도 딱히 방법은 없었지만 여기서 공짜로 먹고 논 빚이 있으니 뭐라도 해야 할 것 같아 잠시 눈치를 보다 그에게 다가갔다.

"저기… 너, 동진이 친구라며? 미실이한테 얘기 많이 들었어. 기회 되면 다음에 같이 술이나 한잔하자."

순간 그가 날 경계하며 날카로운 눈빛으로 위아래를 훑어보았다. 잠시 정적이 흘렀지만 다행히도 내 말을 순순히 받아주었다.

"어, 그래. 너구나. 얘기 많이 들었다."

그 곰 같은 놈은 생각보다 동진과 친했고, 미실이 나에 대해 좋은 얘기를 했는지 금방 말을 트더니 친밀하게 굴었다. 다행히 그날 상황도 잘 정리되었고.

몇 달 후 미실이 생일이라며 나를 모임 자리에 초대했다. 장소는 미실의 남자 친구가 운영하는 인천 계산동의 룸살롱이었다. 그 자리에는 미실과 남자 친구, 그리고 미실의 베프인 형네 바의 키 큰 미녀가 있었다. 무언가 셋이 작전을 펴나 싶더니 미실의 남자 친구놈이 작정한 듯 나에게 술을 먹였다.

"야, 오늘만 마시자. 미실이 생일이잖아. 부탁한다 친구야."

평상시에는 콜라만 마셨지만 그날은 거절하기가 힘들었다. 나는 버티다 결국 몇 잔 들이켰고, 곧 푹 삭힌 홍어처럼 뻗어버리기 직전에 이르렀다. 이 세상과 저세상을 왔다 갔다 하는 사이 귓가에 미실의 목소리가 환청처럼 들렸다.

"캬하하, 오빠! 제 친구가 오빠 좋대요. 얼레리 꼴레리…."

잔뜩 흥이 올라 떠드는 미실과 부끄러워하며 말리는 미실의 친구가 시야에서 나타났다 사라지기를 반복했다. 결국 나는 술기운을 못 견디고 축 늘어졌다.

시간이 얼마나 지났을까. 미실의 남자 친구는 나를 업고 어디론가 데려갔다. 정신이 없는 가운데서도 '이놈 힘이 장사네' 하는 생각이 들었다.

그리고 이어지는 망상. 이대로 장기가 털리는 건가.

쓸데없는 상상을 하며 공중에 떠 있는 듯한 묘한 기분을 즐기는데 갑자기 내 가냘픈 몸뚱아리가 푹신한 침대에 내팽개쳐졌다. 포근한 느낌과 함께 나는 깊은 잠에 서서히 빠져들었다. 그러나 그것도 잠시, 누군가 나를 흔들었다.

"오빠! 오빠! 오빠아, 좀 일어나봐요."

정말, 정말, 진짜 일어나고 싶었지만 그만 그대로 잠들어버렸다.

그날부터 우리는 연인이 되었다.

그녀와 연인이 된 후 나는 바에 거의 출입하지 않았다. 아무리 사정을 안다 해도 내 여자가 다른 남자에게 술을 따라주는 모습은 보고 싶지 않았다. 또 한 가지 사정이 있었는데, 우리 둘이 사귄 지 얼마 안 됐을 때 나와 베프인 사장 형이 그녀를 은근히 마음에 두고 있었다는 것을 알게 되었기 때문이다.

낮에 일하는 나와 밤에 일하는 그녀는 만날 수 있는 시간이 적었다. 그런 데다 그녀가 주말에도 일을 했기 때문에 우리는 주로 주중 저녁에 만나 데이트를 했다.

항상 나에게 맞추고 나를 배려했던 그녀. 그래서 주변 사람들은 종종 나를 돈 많은 능력남으로 오해했고, 나는 은근히 그런 평판을 즐겼다.

"오빠, 우리 오늘 만나?"

"응. 그러자."

"몇 시쯤 와?"

"아마 저녁 10시는 돼야 역에 도착할 것 같아."

IT 개발자로 근무하던 때라 퇴근 시간이 불규칙하고 늦었던 시절이었다. 늦은 퇴근으로 저녁 식사조차 함께 못 하니 데이트 장소는 주로 잠자리를 겸한 모텔이었다.

"아침에 바로 출근해야지?"

그녀가 왜 그런 말을 하는지 다음 날 알게 되었다. 그녀는 모텔에서 바로 출근하는 나를 위해 새 와이셔츠와 넥타이를 사서(숨겨뒀다가) 아침에 갈아 입을 수 있게 해주었던 것이다. 돈도 돈이지만 그녀의 정성과 센스에 진심으로 감탄한 적이 많았다.

"고마워. 근데 이 옷 비쌀 것 같은데?"

"헤헤. 이 정도는 괜찮아."

그렇게 남들이 부러워하는 연애도 잠시. 오래지 않아 우리 사이는 금이 가기 시작했다. 그녀는 내게 과도하게 집착했고, 자주 이해하기 힘든 행동을 했다. 그중 하나는 내가 잠든 사이 내 휴대폰의 모든 통화와 문자를 검사하고 아침에 따지는 것이었다.

"오빠, 이 여자는 누구야? 분명히 며칠 전에 밥을 먹었다면서 또 약속을 잡았네?"

"회사 직원이야. 별 사이 아니니까 걱정 안 해도 돼."

"어떻게 걱정을 안 해!? 분명 이 여자는 내 기억에 3개월 전에 두 번이나 식사를 같이 했고, 저번 달에는 무려 다섯 번이나 메시지를…."

그녀는 그렇게 나의 일거수일투족을 확인하고 의심했다. 물론 실제로 그냥 회사 동료였기 때문에 내 안에는 억울함을 넘어 점점 분노가 쌓여갔다.

그것만이 아니었다. 어느 날은 잠에서 깨니 그녀가 눈 앞에서 턱을 괴고 나를 빤히 쳐다보고 있었다. 그 모습에 깜짝 놀라 물었다.

"벌써 일어났어?"

그녀는 아무 일 아니라는 듯 웃으며 대답했다.

"헤헤, 잠이 안 와서… 못 잤어."

"또!?"

그녀는 자주 불면증에 시달렸고 늘 정서가 불안했는데 그
것이 나는 조금 버거웠다. 그 원인이 알코올이라는 것을 나중
에야 알게 되었고, 그것을 계기로 마음이 조금씩 멀어진 우리
는 결국 헤어졌다. 그 후 가끔 그녀는 취중에 전화를 걸어왔
다. 여전히 다정한 그녀였지만 우리는 다시 연인으로 돌아가
지 않았다.

내가 결혼하고 얼마 후, 그녀는 건실해 보이는 대기업 직원
과 결혼했다. 그렇게 우리는 새로운 인생을 사는 유부남과 유
부녀가 됐고, 더는 연락을 주고받지 않았다. 결혼한다는 소식
에 짧게 축하 메시지를 보낸 것이 다였다.

그로부터 7년이 지난 후 그녀는 내게 이혼 소식을 전했고,
그다음은 내 차례였다.

절망과 좌절의 시간을 보내던 중 갑자기 그녀가 떠올랐다.
문득 그녀는 이 시간을 어떻게 극복했을까 궁금해 카톡으로
조심스럽게 안부 메시지를 보냈다. 하지만 그녀는 메시지를
확인하지 않았다. 며칠이 지났지만 보낸 메시지의 '1'은 사라
지지 않았다. 그렇게 몇 주가 흐른 후 그녀의 절친인 미실과

안부를 주고받다 놀라운 소식을 듣고 말았다.

"오빠 몰랐어요? 화장실에서….”

"아… 진짜야? 설마했는데….”

"우울증이 심했나 봐요. 제가 진작 신경 썼어야 했는데….”

이혼 후 부천에 아파트를 얻어 홀로 살았는데 우울증이 심했다고 한다. 그러던 어느 날 손목을 그었다는 것이다. 당시 미실은 신혼 생활 중이라 그녀 옆에 자주 못 있어준 것이 걸린다며 울면서 자책했다. 그 후 얼마 동안은 그녀 생각으로 온통 마음이 어지러웠다. 그녀가 자신의 이혼에 대해 말하려 했을 때 금세 눈치채지 못한 무신경한 나, 그리고 좀 더 위로해주지 못한 무정한 나를 질책하느라.

나는 이혼 직후 경험자인 그녀에게 위로받고 싶었다. 정작 그녀가 어떤 심경으로 시간을 보냈는지는 알지도 못하면서 나만 위로받겠다고 그녀를 찾았다. 한동안 내 일상은 그녀와의 기억으로 가득했다. 괴로웠고, 미안했다. 그녀가 알 수 없는 먼 곳에서 부디 행복하길 빌고 또 비는 것만이 내가 할 수 있는 유일한 일이었다.

이혼의 결말은 이렇게 슬프고 힘든 것일까? 낯선 이 경험이 나를 더욱 큰 두려움에 떨게 했고, 움츠러들게 했다.

이혼자 500만 시대라고 한다. 통계는 이혼이 더 이상 특별한 일이 아니라고 말하지만, 우리 마음속에는 여전히 쉽게 지워지지 않는 선입견이 있다. 놀라운 사실은 나 자신도 이혼 당사자이면서 다른 이혼자를 볼 때 무의식적인 '필터'가 작동한다는 사실이다. 겉으로는 멀쩡해 보여도 성격에 결함이 있는 건 아닐까, 화려한 겉모습 뒤에 막대한 빚이 숨겨져 있지는 않을까, 혹은 웃는 얼굴 뒤에 폭력성과 바람기를 숨기고 있지는 않나 하는 식의 근거 없는 상상을 하며.

대놓고 말하지는 않지만, 많은 사람들이 각자의 머릿속에서 가장 자극적이고 즐거울 만한 상황을 만들어내고 있을지도 모른다. 그런 가십으로 잡담을 나누는 시간은 꽤 재밌으니까. 그렇게 '이혼자'라는 '주홍글씨'는 내가 '이'밍아웃을 하는 순간 가슴팍에 선명하게 박힌다.

나보다 나이가 훨씬 많은 데다 업무적으로도 연결점이 없어 안부 인사 외에 따로 대화를 나눈 적은 없는 동료가 한 명 있었다. 어느 날 또 다른 동료와 그와 연관된 업무를 이야기하다 우연히 그의 사생활에 대해 듣게 되었다.

"그렇게 오랫동안 출장 가시면 가족들이 싫어할 텐데."

"홍 부장님? 그분 이혼하셔서 혼자 사시니 괜찮을 거야."

우리 대화는 거기서 그쳤지만 이후 내가 그를 보는 시선은 아주 조금, 자각할 수조차 없을 만큼 미묘하게 변해 있었다.

처음에는 연민이었다. 그의 옷차림과 외모, 쓰고 있는 물건들을 평가하듯 바라보며 '저 사람 힘들겠다'라는 생각을 했다. 한편으로는 챙겨주고 싶고 돌봐주고 싶은 마음도 생겼다. 하지만 그건 순수한 호의가 아니었다. 어딘가 우월감이 섞인 동정의 시선이었다.

시간이 지나면서 그 시선은 조금씩 교묘해졌다. 그의 생활 습관이나 업무 태도를 볼 때마다 무의식적으로 '이혼한 사람이라 그런가?' 하는 생각이 스쳤다. 머릿속에 '돌싱남'이라는 틀을 만들어놓고 그를 그 안에 가둔 것이다. 세월이 흘러 내가 그와 같은 처지가 되자, 그때 품었던 불합리한 감정들이 주마등처럼 스쳐가며 나를 부끄럽게 만들었다.

나는 여전히 '이혼남'이라는 주홍글씨 명찰을 달기가 두렵다. 세상 사람들이 다 편견을 갖고 있는 것은 아니겠지만, 내 주변의 모두가 그러리라고는 장담할 수 없다. 특히 오점을 남기지 않기 위해 별 볼 일 없는 인생을 그럴듯하게 포장해온 나

같은 사람은 그것이 더욱 두렵고 걱정된다. 남이 하는 상상에 내가 설명을 할 수는 없기에 귀책 사유 없는 이혼조차 변명할 기회가 없어진다. 어쩌면 나 스스로도 부끄럽다고 생각하고 있는지도 모르겠다. 이혼이 부끄러울 일은 아닐지언정 잘했다고 떠벌리고 다닐 일도 아니기에.

내가 서른셋 무렵 부모님이 이혼했다. 어머니는 이혼을 결심하기 전, 독립해 혼자 살고 있던 내게 물었다. 아버지의 외도를 도저히 용서할 수 없어 이혼하고 싶다고, 그래도 괜찮겠느냐고.

"그냥 이혼해. 엄마도 엄마 인생 살아. 재산 분할은 엄마한테 유리하게 하고."

나는 1초의 망설임도 없이 그렇게 대답했고, 어머니의 남은 삶을 진심으로 응원했다. 그런 결정을 쉽게 내릴 수 있었던 가장 큰 이유는 부모님의 경제력이었다. 당시 부모님은 재산을 분할해도 두 분 다 충분히 인생을 즐기며 보낼 수 있을 정도로 부유했다. 나는 경제력이 있는 이혼 남녀에게는 주홍글씨 대신 황금빛 명찰이 달린다는 것을 알고 있었다. 돈이 있으면 '새출발을 한 용기 있는 사람'이 되지만 돈이 없으면 '인생 망친 실패자'가 된다. 잔인하지만 그것이 현실이다.

지금도 가끔 생각한다. 부모님이 헤어지지 않았다면 두 분 다 지금 같은 상황은 아니었을 거라고. 그리고 거기서 시작된 파장이 결국 내 이혼에까지 영향을 미쳤을 거라고.

결혼하고 2년 후 우리 부부는 어머니 모르게 아버지를 만났다. 그때 아버지는 소주를 홀로 따라 드시며 아내의 손을 잡고 울먹였다.

"너희 결혼에 아무것도 못 해줘서 너무 미안하구나. 내가 꼭 재기에 성공해서…."

막내아들인 내게 약한 모습을 한 번도 보인 적 없는 철기둥 같은 양반이었다. 그런데 나이가 들어서인지, 세월의 풍파를 거세게 맞아서인지, 아버지가 상견례와 결혼식을 포함해 고작 세 번째 만나는 며느리 앞에서 눈물을 보였다.

그 순간 내 눈에 비친 아버지는 바쁘게 살아온 젊은 날을 보상받지 못한 한 남자였고, 자식을 꽃피우기 위해 기꺼이 거름이 되었던 부모였으며, 노인이 돼서도 자식의 앞날을 걱정하는 집안의 가장이었다.

나는 목이 메었지만 강하고 위로하는 사람이 되어야 했다.

"아빠, 괜찮아. 돈은 우리도 충분해. 건강 잘 챙기세요. 술 너무 많이 드시지 말고.”

“미안하다. 정말 미안해.”

나는 미리 준비한 돈봉투를 양복 주머니에 넣어드렸다. 그날 이후 나는 아버지를 다시 뵙지 못했다. 형과 누나를 통해 소식을 듣고, 아내 몰래 용돈을 보내는 것으로 관계를 이어갔을 뿐이다. 혹시 아버지가 당신 탓이라고 생각할까 봐 내 이혼 사실은 아직도 말씀드리지 못했다.

이제, 아버지의 주홍글씨 명찰은 내 마음속에서 떼어내야겠다.

나는 이혼 사실을 회사에 알리지 않았다. 아니, 못했다는 표현이 정확할 것이다. 그날도 평소처럼 화장실에서 동료와 나란히 볼일을 보던 중이었다. 옆에 있던 동료가 긴 명절을 화제 삼아 이야기를 꺼냈다.

“이번 연휴에 사모님이랑 어디 여행 안 가세요?”

단순한 인사치레로 별 뜻 없이 던진 말이었을 것이다. 하지만 나는 말문이 막혀버렸다. 거짓말을 해야 할 순간이 이렇게 빨리 올 줄이야.

“아, 이번에는 그냥 집에 있기로 했어요.”

나중에 들은 이야기지만, 그는 굳은 내 표정을 보고 자신이 무례한 말을 한 건 아닌가 한동안 마음에 담아두었다고 한다.

내가 다니는 회사는 한번 입사하면 중간에 나가는 사람이 거의 없는, 소위 말하는 철밥통 같은 곳이다. 특별한 사정이 있지 않은 한 대부분 한 팀에서 정년까지 수십 년을 함께 일한다. 그러므로 일상 중에 석연치 않은 대화가 계속될 것이 뻔했다. 아무래도 팀원들에게는 이혼한 사실을 말하는 것이 마음 편할 것 같았다.

얼마 후 팀 회식을 하는 자리가 생겼다. 술기운에 훈훈한 분위기가 퍼질 무렵 나는 조심스럽게 말을 꺼냈다.

"저기, 잠시만요."

모두의 시선이 나를 향했다.

"여러분께 드릴 말씀이 있어요. 개인적인 이야기이긴 한데… 그래도 우리 팀에는 말씀드리고 싶어서요."

팀 회의나 이런저런 발표 자리가 꽤 익숙한 편이었는데, 이때 만큼은 왠지 긴장되고 쑥스러워 얼른 입이 떨어지지 않았다.

"무슨 일이세요?"

"무슨 말을 하시려고. 일 폭탄이 떨어지나? 왠지 무섭다."

"오, 오늘 팀장님이 쏘시나요? 킥킥."

"그런 건 아니고….."

나는 한 템포 쉬었다가 말을 이었다.

"제가 여러모로 부족해서 이혼하게 됐습니다. 회사 전체에 알리는 것은 어려워도 우리 팀에는 알려드려야 마음이 좀 편할 것 같아서요. 한 가지 덧붙이자면 회사에는 제가 적당한 상황이 되었을 때 말할 테니 가급적 다른 분들께는 언급하지 말아주시길 부탁드려요."

당시 회식 자리에 참여한 팀원은 모두 아홉 명이었는데 표정이 제각각이었다. 놀람, 당혹, 진지, 근엄, 안쓰러움, 그리고 별일 아니라는 듯한 가벼운 웃음까지.

짧은 침묵 후 누군가 입을 열었다.

"예상 못 했어요. 팀장님은 항상 안정적으로 보여서….."

또 누군가는 조심스레 물었다.

"혹시 이유를 여쭤봐도 될까요…?"

나는 잠시 망설이다 간단하게 말했다.

"변명 같지만 결국은… 성격 차이였어요."

더 이상은 설명하지 않았다. 굳이 덧붙일 필요도 없었다. 모두가 알 것 같다는 눈빛으로 고개를 끄덕였지만 전부 이해시킬 수는 없다고 생각했다. 하지만 대답하기 어려운 질문을 어느 정도는 피할 수 있겠지.

그날 이후 팀원들은 은근히 나를 신경 쓰기 시작했다.

퇴근 시간이 되면 찾아와 저녁 식사를 같이 하자고 하는 직원도 있었고, 썰렁해진 집을 방문해 부족한 집기를 확인하고는 선물해준 직원도 있었다. 아무렇지 않은 척 열어본 박스 안에는 최신형 커피 머신이 들어 있었는데 그걸 보는 순간 눈이 뜨거워졌다. 거실 한 구석에 먼지만 쌓인 구형 커피 머신을 언제 그렇게 보고 갔는지.

이미 내 입 밖으로 나온 이혼 사실이 그들에게 어떤 충격과 영향을 주었는지는 모른다. 하지만 그들은 계속해서 나를 배려했다. 겉으로는 평소와 다름없이 굴면서, 그러나 분명히 달라진 눈빛으로.

고마웠다. 진심으로.

하지만 고마움과 함께 묘한 난감함도 따라왔다.

나는 어느 정도로 '괜찮다'는 신호를 보내야 하는 걸까. 너무 멀쩡하면 이혼 따위는 아무것도 아닌 사람처럼 보일 것 같았고, 그렇다고 힘들다는 티를 내자니 유난 떠는 것만 같았다. 이혼은 내가 선택한 일이었다. 분명히 그랬다. 그러나 선택했다는 것과 괜찮다는 것은 전혀 다른 말이라는 걸 나는 그 무렵

에야 조금씩 알아가고 있었다.

그래서였는지도 모른다. 나는 점점 괜찮은 척을 하고 있었다. 진짜로 괜찮아서가 아니라 결국 회사는 공적인 공간이기 때문이었다. 그렇게 하루를 마무리하다 보면 어느 순간 진짜로 괜찮아 보이는 나를 발견하곤 했는데 그것이 '척'이었다는 사실은 집에 돌아와서야 비로소 깨달았다.

선물받은 커피 머신은 주방과 거실 사이, 가장 잘 보이는 자리에 두었다. 한동안은 커피 머신을 찍은 사진을 메신저 프로필로 올려놓기도 했다. 꼭 누군가에게 잘 살고 있다고 보여주려는 것처럼.

해가 바뀌고 연말정산 서류를 작성할 시점이 되었다. 부양가족 칸을 채우던 손이 '법적 배우자' 항목 앞에서 멈췄다. 단순히 멈춘 게 아니었다. 한참 동안 그 항목을 뚫어져라 쳐다봤다. 체크도 못 하고, 넘기지도 못했다. 종이 위의 네모칸 하나가 그렇게 크게 느껴질 줄이야.

결국 인사담당자와 인사팀장에게 정식으로 사실을 알릴 수밖에 없었다. 며칠을 고민하다 두 사람을 따로 찾아갔다. 말을 꺼내기 전까지 그들의 눈을 똑바로 쳐다볼 수 없었고, 무슨 말부터 시작해야 할지 머리가 어지러웠다. 결국 부연 설명 없이 말해버렸다.

"제가… 사실 작년에 이혼했어요."

이혼이란 단어가 입 밖으로 나오자 방 안 공기가 잠깐 바뀌는 것 같았다. 두 사람의 얼굴에 놀람, 당혹, 안쓰러움, 위로의 감정이 차례로 지나갔다. 그들은 바로 말하지 못한 사정을 먼저 이해해주었고, 이후의 일은 자신들에게 맡기라며 나를 안심시켰다. 다른 사람들은 절대 모를 거라는 말과 함께. 나는 연신 고맙다고 했지만 결국 모든 사람이 알게 될 거라는 사실은 이미 알고 있었다. 조직 안에서 비밀이란 건 없다.

그게 두려운 것은 아니었다. 정말 두려운 것은 따로 있었다. 처음 나의 이혼 사실을 알게 된 사람이 내 앞에서 지을 표정. 그리고 앞으로 자신도 모르는 사이에 나를 향해 끼게 될 색안경이었다.

나, 불쌍한 사람 아니에요. 어쩌면 더 행복할 수도 있어요.

이런 문장을 가슴에 달고 다니면 어떨까 싶었다. 그게 더 편할 것 같았다. 설명하지 않아도 되니까.

한번 밝히고 나니 그다음부터는 가까운 이들에게 조금은 편하게 말할 수 있었다. 첫 번째가 제일 어려웠고, 두 번째부터는 그냥 말이 나왔다. 나의 이밍아웃을 듣던 지인들의 눈빛이 아직도 생생하다.

"정말? 네가 어쩌다가."

"괜찮아. 이혼한 사람이 어디 한둘이야. 요새 500만 시대라고 하더라."

"괜찮으세요? 두 분은 정말 그럴 일이 없어 보였는데… 힘내세요."

그들은 어떤 식으로 위로해야 할지 각자 나름대로 고민하는 것 같았다. 어떤 이는 가볍게 웃으며 별일 아니라는 듯 말했고, 어떤 이는 심각한 얼굴로 오래 안타까워했다. 어느 쪽이 더 위로가 되었는지는 모르겠다. 방식은 달랐지만 나를 걱정하는 마음만은 어느 쪽에서도 고스란히 느껴졌다. 그것으로 충분했다.

이혼 사실을 알게 된 이들은 은연중에 달라졌다. 식사 자리에서도, 커피를 마실 때도, 퇴근 무렵에도. 심지어 담배 피우러 갈 때도 나를 데려가며 각자의 방식으로 신경 써 주었다.

"저녁 혼자 드셔야 하잖아요. 시간 되시면 같이 하시죠."

집에 컵밥이 쌓여 있다는 말은 삼켰다. 그냥 그 마음이 고마워 같이 저녁 식사를 하고 시간을 나눴다.

"어차피 집에 가도 할 일 없잖아. 오늘 모임에 같이 가자."

넷플릭스에 볼 것이 쌓여 있고 할 일도 있었지만 따라나선 날이 많았다.

"많이 드세요. 집에 가면 드시는 게 변변치 않을 텐데."

요즘 오히려 더 잘 챙겨 먹는다는 말은 굳이 하지 않았다. 고마운 표정을 짓고 한 숟가락이라도 더 먹었다.

그런 배려가 감사하면서도 어딘가 불편했다. 괜히 공개했나 싶은 생각이 드는 날도 있었다. '나는 괜찮아요' 하는 표정을 만들어서 보여줘야 하는 순간이 생기기 때문이다. 실제로 괜찮은데 괜찮다는 것을 증명해야 하는 상황이 이상하게 피곤했다.

"다른 여자 만날 수 있어서 좋겠어."

남자들끼리는 이런 말도 오갔다. 위로하려는 마음은 알겠지만, 이혼남의 현실을 알면 그렇게 쉽게 나올 수 없는 말이었다. 젊은 날의 외모와 자신감, 미래에 대한 기대감은 이미 사라진 지 오래였다. 그나마 앞설 거라 짐작할 수 있는 경제력마저 재산 분할로 기대 이하의 숫자만 남은 상태였다. 그 현실을 앞에 두고 '또 다른 이성을 만날 기회'라는 말을 들을 때면 나는 웃어야 할지 울어야 할지 모르는 기분이 되었다. 하지만 그 기분을 들키지 않으려고 그냥 웃었다.

"오늘 2차 가자. 집에서 기다리는 사람도 없잖아."

자유롭게 살라는 뜻으로 한 말이겠지. 그런데 기다리는 사람이 없는 것과 있다가 없어진 것은 전혀 다른 이야기다. 아름다운 구속은 아닐지라도, 가족이라는 구속은 안정감을 주고 내일을 위한 의지를 심어주는 끈이다. 그 끈이 없어졌다는 것은 내 마음대로 무엇이든 할 수 있다는 말인 동시에, 내가 무엇을 하든 지켜봐줄 사람이 없다는 뜻이기도 하다. 자유와 고독은 자주 같은 얼굴을 하고 있다.

"시간 많으니 이것저것 해봐."

둘에서 혼자가 된다는 건 의무적인 시간 소비가 줄어드는 대신 둘이 나눠 하던 일을 혼자 다 해야 한다는 뜻이기도 하다. 집안일, 계획, 실천, 건강 관리까지 아무도 대신해주지 않는다. 미혼일 때와는 다르다. 결혼 생활을 통해 한번 넓어진 삶의 크기는 다시 좁아지지 않는다. 그 밀도를 혼자서 감당해야 한다는 것이 어떤 의미인지, 해보기 전에는 잘 모른다.

또 다른 인연, 자유, 시간. 이 모든 것은 분명 홀로된 이에게 주어진 기회이기도 하다. 잘 쓰면 터닝포인트가 될 수 있는. 하지만 그렇지 못하면 그나마 유지해온 것마저 무너질 수 있다. 홀아비는 시간이 지날수록 삶의 모든 지표가 나빠진다는 농담 같은 그 말이 어느새 나의 현실이 되고 있었다.

그럼에도 각각 다른 방향에서 쏟아지는 시선과 관심은 모두 나를 향한 애정이었다. 서투른 위로도, 엉뚱한 판타지도, 과한 걱정도. 방식이 어떻든 내게 마음을 보내주는 이들 모두 소중한 인연이고 관계였다.

이런저런 일을 겪고 나서야 분명히 알게 된 한 가지가 있었다. 내가 가장 두려워하는 건 외로움이 아니구나. 사람이 떠나는 것, 인연이 멀어지는 것이구나.

돌아보면 이혼이라는 사건보다 '이혼 그 후'가 더 많은 것을 가르쳐주었다. 홀로 속 태우던 시간 속에 먼저 손을 내밀어준 다정한 사람들. 아무렇지 않은 척 함께한 식사 한 끼, 말없이 놓고 간 박스 하나, 겸연쩍게 웃으며 걱정해준 휴일들. 그 모든 것이 나를 붙들었다. 거창한 위로가 아니라 사소하고 조용한 마음들이 생각보다 훨씬 깊이 닿았다.

당연하게 받아서는 안 된다고 생각했다. 당연한 것이 아니었으니까. 그들 중 누구도 내 편을 들 의무가 없었다. 그럼에도 그들은 저마다의 방식으로 내 곁에 있어주었다.

그래서 조용히 다짐했다. 내게 남아 있는 이들에게 시간을 쓰기로. 먼저 연락하고, 먼저 밥을 사고, 먼저 고맙다고 말하기로. 내가 줄 수 있는 것도 그것뿐이고.

그 다짐이 말이 되려면, 내가 먼저 괜찮아야 했다. 그래서 나는 스스로와 작은 약속들을 만들기 시작했다. 오늘도 건강하게 하루를 마무리할 것. 부정한 마음을 갖지 않을 것. 타인을 따뜻하게 바라볼 것. 화를 내지 않을 것. 꾸준할 것. 남의 시선에 흔들리지 않을 것. 작은 배려에 감사할 것.

거창한 결심은 아니었다. 그냥 삶에서 너무 당연한 것들을 되새겼다. 아침에 눈을 뜨면 혼자 생각해보는, 나를 위한 아주 사소한 말들이었다. 그것으로 충분했다. 그것부터 시작하기로 했다.

'이'밍아웃은 10년 동안 나를 묶어놨던 이성에 대한 갈망을 해제시켰다. 좀 더 자세히 설명하자면 여성을 향한 사적인 생각의 개방이자, 책임 있는 관계에 대한 부담으로부터의 해방이었다고 감히 말할 수 있겠다. 그렇다고 아무한테나 추파를 던지진 않을 테지만, 이성을 향한 나의 시선과 생각은 미묘하게 달라져 있었다. 마치 고등학교를 막 졸업하고 풋내기 성인이 된 듯한 신선한 기대감마저 들었다.

난 가족의 미래를 위해 사회적으로 성공하고 싶었고, 목표에 다가가고자 노력했다. 하지만 그것이 내게는 좋지 않은 결과로 돌아왔다. '사회적 성공을 위한 마음가짐이 건조한 결혼생활을 만들었을까'라는 의문은 과하면서도 왠지 연관이 있어 보였다. 아무튼 설레는 마음이 구속에서의 해방감인지 아니면 새로운 인생에 대한 기대감인지는 알 수 없었다.

90년대 초중반 당시 대부분의 남자애가 그랬듯 나는 온통 빡빡이들만 있던 남중에서 남고로 진학했다. 여드름이 꽃을 피우고 내 안에 잠든 흑염룡의 각성을 저울질하던 질풍노도의 시기. 여자 사람 구경을 할 수 없는 환경과 나이였다. 그 흔한 미팅 한번 해보지 못한 평범한 남고생이었던 나는 세상천지에서 여자의 존재를 유일하게 확인할 수 있는 장소인 교회에 몸을 의탁했다.

반 친구를 따라 조금은 불순한 의도를 갖고 발을 들인 곳은 도시 외곽의 허름한 개척교회였다. 핑크빛 세상을 꿈꾸며 이 성스러운 곳에 입성했지만 그저 그런 중고등부 교회 오빠로 변하는 데는 오랜 시간이 걸리지 않았다.

고등학교 2학년이 끝나갈 무렵, 재학 중인 학교에 '버스걸'에 대한 소문이 돌았다. 나도 버스로 통학하던 터라 자연스레 '그 소문'을 듣게 되었다. 아침 등교 시간 특정 버스를 타면 항상 같은 자리에 한 여학생이 앉아 있는데, 무척이나 예뻐서 뭇 남학생의 마음을 흔든다는 것이었다. 심지어 그 여학생이 하차하는 곳까지 따라갔다가 다시 반대편 버스를 타고 등교하는 팬들이 존재한다는 증언까지 이어졌는데, 소문이란 늘 부풀려지기 마련이라 뭐 그러려니 하고 넘어갔다.

그러면서 고3이 되었고, 대학 수능 준비로 바쁜 나날이었지만 나는 '대한민국 고3'의 권력을 십분 활용하여 웬만한 교회 행사는 꼭 참가했다.

연초에 새친구를 맞는 큰 행사가 있었는데 이날의 '뉴페이스 자매' 영접은 교회 형제들에게 빼놓을 수 없는 즐거움이었다. 나는 또래 친구들과 함께 초코파이로 만든 케이크 앞에서 수다를 떨며 가벼운 기대감을 갖고 행사가 시작되기를 기다렸다.

드디어 새로운 친구들이 모습을 드러냈다. 쭈뼛쭈뼛 단상 앞에 일렬로 늘어서는 아이들은 어수룩하고도 순수해 보였다. 늘 입는 교복 대신 평상복으로 한껏 멋을 부린 어색함 속에서 그 나이대만이 가지는 풋풋함이 느껴졌다.

그중 눈에 띄는 여학생이 있었다. 그 애의 어깨까지 내려오는 가지런한 검은 머리카락, 작고 하얀 얼굴 사이로 보이는 수줍은 미소가 순식간에 주변을 환하게 만들었다. 마치 후미진 시골 학교에 전학 온 얼굴 하얀 서울 여자애 같았달까. 당시를 회상하면 어릴 적 너무나 좋아했던 음악 밴드 N.E.X.T 1집의 〈인형의 기사〉 중 도입 내레이션이 떠오르곤 한다.

햇살 속에서 눈부시게 웃던 그녀의 어린 모습을 전 아직 기억합니다.
그녀는 나의 작은 공주님이었지요.
지금도 전 그녀가 무척 보고 싶어요.

넋을 놓고 그 여학생을 바라보는 동안 새로운 형제와 자매의 자기 소개가 끝났다. 잠시 후 학년별 자리가 마련되고, 그 애를 데려온 교회 친구가 다시 간단하게 소개했다.

"얘는 나랑 3년째 같은 반인 수정이야."

그러고는 머뭇거리는 친구를 보며 조용히 말을 덧붙였다.

"뭐 해, 네 소개 좀 해. 후훗."

여자애는 얼굴을 똑바로 들지 못하고 몸을 배배 꼬았다.

"안녕, 애들아. S고에 다니는 김수정이야. 만나서 반가워."

여자애는 더 이상 말을 잇지 못한 채 친구를 쳐다봤다. 친구의 눈이 가늘어졌다.

"음, 수정이가 101번 버스 '버스걸'이라는데? 하하하."

"야, 아니야. 너 그런 법이 어딨어."

친구의 짓궂은 소개에 얼굴이 빨갛게 달아오른 그녀는 그러지 말라며 연신 손짓했고, 모두 활짝 웃으며 그녀를 반겼다. 그렇게 우린 소문의 주인공을 영접했고, 수정과 나의 인연도 시작되었다.

고등학교 시절의 마지막 퀘스트인 수능시험이 끝나자 고3 친구들은 희열, 좌절, 그리고 재도전에 대한 다짐 등을 하며 정해진 각자의 자리로 나아갈 준비를 했다. 그러면서도 새해가 되기 전에 송년회를 하자는 데 동의했다. 당시 나와 유독 친했던 고등학교 동창이 있었는데 그 친구와 나, 그리고 수정까지 우리 셋은 사랑과 우정 사이의 미묘한 기류를 숨기며 어울려 다녔다.

당시 내겐 남들에게 말하지 못한 사실이 하나 있었는데 그것은 수정과의 썸이었다. 분명 나 혼자만의 착각은 아니었다.

늦은 밤, 송년회 분위기가 한창 무르익었을 때 우리 셋은 잠깐 밖으로 산책을 나왔다. 그때 수정이 친구에게 돌발 질문을 던졌다.

"나랑 얘랑 사귀면 어떨 것 같아?"

평상시 성격으로 비춰볼 때 그 말이 수정의 입에서 나왔다는 것이 도저히 믿기지 않았다. 머릿속이 하얗게 돼버린 나는 간절한 마음으로 친구를 바라봤고, 마찬가지로 적잖이 당황한 친구는 얼떨결에 대답했다. 나의 속마음이 외쳤다. 제발 대답 잘해라, 친구야.

"음, 좋은 생각은 아닌 것 같아. 왜냐하면 우리는 신.앙.으로 만났잖아. 결혼할 거 아니면 우리 우정은 깨지 않는 게 좋을 것 같아. 그리고 너네 동! 성! 동! 본!이잖아."

이런 나쁜 새끼.

이외에도 나는 마음속으로 할 수 있는 심한 욕을 다 했다.

당시는 동성동본 간의 결혼이 허락되지 않을 때였고, 그것이 심심찮게 사회문제로 대두되기도 했었다.

나는 마치 N.E.X.T의 앨범 중 당시 제일 좋아했던 〈The Return of N.EX.T Part 2: World〉의 〈힘겨워하는 연인들을 위하여〉의 주인공이 된 듯한 기분마저 들었다. 이 곡은 동성동본 연인, 동성애자를 위한 노래로 동성동본 금혼법으로 힘겨운 시간을 보내는 연인들을 응원하며 당시 규제를 멋지게 비틀었던 신해철식 사회 비판곡이다.(참고로 2005년의 민법 개정으로 촌수에 관계없이 동성동본 사이의 혼인을 금하던 제도는 폐지되고, 8촌 이내의 혈족 사이에서만 혼인을 제한하고 있다.)

여하튼 수정은 그 대답에 수긍하는 듯한 제스처를 할 뿐 아쉽게도 더 이상은 묻지 않았다. 이렇게 내 생애 첫 번째 연애가 시작될 뻔한 순간은 허무하게 지나갔다.

새해가 되자 친구들이 하나둘 교회에서 모습을 감췄다. 대학 입학, 사회생활 등 각자에게 주어진 새로운 환경에 적응하느라 교회에 나오지 않는 친구들이 많아졌고, 나 역시 얕은 신앙심으로 인해 교회 출입 횟수를 점차 줄여가다 어느 순간 발길을 끊게 되었다.

몇 년이 지난 어느 날, 모르는 번호가 찍힌 휴대폰이 전화를 받으라며 바쁘게 떨었다.

웅─ 웅─ 웅─

나는 반사적이고 의무적으로 통화 버튼을 눌렀다.

"여보세요?"

"어…? 아, 목소리 맞네. 김날. 내 목소리 알겠어? 나야. 수정이."

상상도 못 했다. 수정이 전화할 줄은. 나는 가슴이 두근거렸지만 티 내지 않고, 아니 약간은 의외라는 목소리를 연출하기까지 하며 대답했다.

"누구? 수정? 아, 김수정. 그래, 잘 지냈어?"

치기 어린 젊음이었는지 마음을 들킬까 두려웠던 건지, 나는 최대한 점잖고 어른스럽게 통화하려고 했다. 하지만 전화하는 내내 마음속에서는 설명할 수 없는 희열과 벅찬 감정이 차올랐다. 평범한 일상과 안부를 나누며 통화를 이어가던 중 수정의 떨리는 음성 속에 왠지 하고 싶은 다른 말이 있다는 느낌이 들었다. 그리고 마침내 그 순간이 왔다.

"저기… 돈 좀 빌려줄 수 있어?"

쨍그랑─

그럼 그렇지. 순수한 내 마음이 깨지는 소리가 실제로 귀에

울렸다. 하지만 내 목소리는 티를 내지 않으려 노력하며 그녀가 원하는 대답을 들려주고 있었다. 빌리려는 이유와 상환 일정을 묻지 않고 멋지게 오케이. 그리고 다시 수정과 연락이 끊겼다.

그 후 2년 정도 지났을 때 다시 수정에게 연락이 왔다. 나는 담담히 오랜 친구의 전화를 받았다. 수정이 말했다.

"잘 지냈어? 연락 못 해서 미안해."

"아니야. 하하. 별일 없지? 그런데 어쩐 일이야?"

대범한 척 아무 일 없는 척 넘겼지만 속으로 '또 돈을 빌리려는 걸까' 하는 의심을 접을 수 없었다.

"헤헤, 잘 지내지. 전에 너한테 빌린 돈도 갚고 상의도 할 겸…."

연락을 못 했던 사정이 있었나? 순간 수정의 의도를 의심했던 나 자신을 꾸짖었다. 의심이 걷히니 그녀의 목소리가 다르게 들려왔다. 내가 기억하던 소녀가 아닌 성숙한 여인으로. 그 다음 들리는 말은 나를 친구에서 남자로 바꾸기에 충분했다.

"빌린 돈에 대한 이자도 갚을 겸 봤으면 해. 나랑 여행 갈래? 한 3박 4일 같이 갔으면 하는 곳이 있는데."

"여…행? 밥 먹고 자고, 이것저것 하는 그 여행?"

"응. 그 여! 행!"

나는 수정이 이런 제안을 하는 이유를 생각해보지도 않은 채 숨도 안 쉬고 대답했다.

"좋지! 언제?"

"와아, 기대된다. 언제냐면…."

기다리는 자에게 기회는 오는 것인가. 그 순간 사춘기 시절 그녀에게 품었던 애틋함이 다시 피어올랐다. 나는 그녀와 만나기로 한 날을 학수고대하며 평소 하지 않던 팔굽혀펴기를 시작했다.

마침내 그날.

만반의 준비(?)를 하고 집을 떠나는 발걸음은 가볍다 못해 날아갈 것만 같았다. 만나기로 한 장소가 서울 도심 한가운데 카페인 것이 의아하긴 했지만 크게 신경 쓰이진 않았다.

몇 년 만에 본 수정은 많이 달라져 있었다. 수수하고 부끄러움 많았던 소녀는 성숙미를 물씬 풍기는 여인이 되어 있었다. 무엇보다 표정에서 나오는 자신감이 학생 때와 비교할 수 없을 정도였다. 문득 우리 사이에 커다란 이질감이 느껴졌다. 난 엠티를 가는 대학생 복장이었다면 그녀는 한껏 꾸민 오피스

룩 차림이었다.

"와, 너 많이 변했구나. 진짜 많이….”

"헤헤, 정말 바쁘게 지냈어. 고마워. 초대에 응해줘서.”

10분 정도 안부 인사를 나누며 반가움을 표현하던 그녀가 어느 순간 진지한 표정을 짓더니 내게 얼굴을 살짝 들이밀며 다가왔다.

"사실 너에게 매우 중요한 기회를 주려고 연락했어. 아무에게나 오지 않는 기회거든. 그래서 3일만 나랑 같이 보내자고 한 거야.”

무슨 말을 하려는지 직감적으로 알 수 있었다. 그때 느낀 실망의 무게가 조금만 더 컸다면 아마 하늘이 무너졌을지도 모르겠다.

그녀가 주선한 여행은 당시 대학가에서 암암리에 유행하던 다단계 판매를 교육받는 자리였다. 숙식은 자신의 집에서 해결하면 된다고 했다. 나는 실망한 마음을 애써 감춘 채 어떻게든 되겠지 하며 그녀를 따라 나섰다.

수정이 산다는 곳에는 그녀의 어머니와 이란성쌍둥이 여동생이 있었다. 어릴 때 잠깐 본 기억이 있지만 역시나 두 사람 다 많이 달라져 있었다. 수정이 짐을 풀라며 안내한 작은 방에는 거대하지만 조금은 허접해 보이는 옥장판이 깔려 있었다.

이게 다단계 상품이구나.

전후 사정을 대강 눈치챈 나는 호랑이굴에 들어온 심정으로 마음을 다잡았다. 어떤 일이 있어도 이 세계에 발을 들이지 않으리라 다짐하면서.

다음 날 아침, 수정은 나를 강남의 한 거대한 빌딩으로 데려갔다. 말끔한 수트 차림의 남성들과 세련된 옷차림의 여성들. 한눈에 보기에도 부티가 흘렀지만 묘한 가벼움이 느껴졌다. 분주하게 움직이는 몇몇을 제외하면 표정들은 제법 여유로워 보였다. 모인 사람 수십 명이 몇 무리로 나뉘어 각각의 가이드를 따라 작은 강의실로 들어갔다. 나는 그중 한 곳에 배정되어 맨 앞줄 책상에 앉았다. 잠시 후 정장 차림의 한 남성이 들어와 일정을 설명했다.

"안녕하세요. 저는 이 회사의 본부장 A입니다. 만나서 반갑습니다. 여러분은 일생일대의 기회를 잡으셔서 이 자리에 계신 겁니다. 이곳을 추천해준 지인에게 꼭 감사 인사를 하시기 바랍니다. 이제부터 저희 회사 임원들이 한 시간씩 돌아가면서 강의할 텐데 잘 들어보시고 기회를 잡기 바랍니다."

왠지 듣기 거북했다. 비록 견문이 짧은 나였지만, 불법의 냄새가 풀풀 나는 이곳이 성공의 요람이라는 헛소리를 믿을 정도로 순진하지는 않았다.

"여러분은 정말 행운아입니다! 이건 복리와 같은 마법의 시스템이에요!"

"저는 이 옥장판을 사용하고 디스크가 완치되었습니다."

"제 언니가 이 옥장판을 사용하고 암투병 5년 만에 드라마틱한 효과를 봤습니다."

"저는 단 세 사람에게만 추천했는데 지금 월 500만 원씩 꼬박꼬박 입금돼요!"

"학벌, 배경 없이 여러분은 성공할 수 있습니다."

그렇게 반복적인 세뇌 교육과 잠깐의 휴식을 반복하며 오전 8시부터 12시까지 강의가 계속되었다. 하필 나는 맨 앞자리에 앉는 바람에 딴짓을 할 수 없었고, 지금처럼 스마트폰이 보급되기도 전이라 어쩔 수 없이 강의에만 집중해야 했다. 그렇게 네 시간을 고문당한 뒤 점심 식사를 하러 갔다. 식당에는 풍성한 뷔페가 준비되어 있었고, 주최측은 마치 궁전에 사는 귀족처럼 우아하게 몸을 움직이고 있었다.

식사를 마치고 수정을 찾았지만 좀처럼 볼 수 없었다. 꽤 바쁜 모양이었다.

오후 교육이 시작되었다. 이번 고문은 오후 2시부터 6시. 강사가 네 명이나 더 들어온다는 얘기였다. 그리고 오후 첫 번째 강사는 놀랍게도 아는 얼굴이었다.

"안녕하세요. GM인 김수정이라고 합니다."

강의실에 있던 사람들이 탄성을 질렀다. 오전에 들은 강의 가운데 회사 계급에 관해 소개하는 내용이 있었는데, GM은 'Great Manager'로 최고위에 있는 기업 회장의 로열패밀리를 제외하고 일반인이 갈 수 있는 가장 높은 등급이었다. 이론 상으로 GM은 당시 월 수익 천만 원을 보장받는, 모두가 목표로 삼는 자리이기도 했다.

"저는 남들과 달리 대학을 가지 않고 지인의 소개로 이 회사에 들어왔습니다. 그리고⋯."

자신감 넘치는 능숙한 말솜씨, 단정하고 세련된 외모, 불우한 가정에서 성공한 장녀의 스토리.

예전에 내가 알던 수정은 이곳에 없었다. 이 순간 나와 같은 처지의 객들이 저 어린 아가씨의 외모와 말에 현혹되고 있었다. 나조차도 그녀의 모습 중 어느 것이 진짜인지 헷갈려 그저 멍하니 쳐다보고만 있었다.

약속한 날의 마지막 밤, 나는 수정의 가족과 저녁 식사를 함께했다. 숙소에는 수정과 여동생, 여동생의 남자친구, 그리고 수정의 어머니가 같이 있었다. 여동생과 남자친구는 결혼을 약속한 사이인 듯했다. 나중에 안 사실이지만 수정의 아버지는 세 모녀가 빠져 있는 다단계 사업을 반대하다 집을 나갔다고 한다. 식사를 마친 후 수정과 밤 산책에 나섰다. 이 순간만큼은 고교 시절에 알던 익숙한 그녀가 느껴졌다. 짐짓 어른인 척했지만 그녀의 뒷모습은 매우 왜소해 보였다. 잠시 후 그녀가 결연한 표정을 지으며 물었다.

"어땠어?"

순간, 질문과 관계없이 그녀의 긴 속눈썹이 커다란 눈과 참 잘 어울린다는 생각을 했다. 수정은 지난 3일간 진행된 세뇌 교육의 성과를 기대하는 눈치였지만 나는 얼른 대답하지 못했다. 빌어먹을 다단계 얘기가 아닌 우리 얘기를 하고 싶었지만 결국 하지 못했고, 나는 침묵으로 대답을 대신했다.

"너랑 함께하고 싶어. 나랑 같이 가지 않을래?"

그녀가 다시 한 번 물었다. 꽤 담담하게 얘기하는데 이상하리만치 간지러웠다. 당시 분위기로는 꼭 내게 고백을 하고 있는 것만 같았다. 너무 달콤해서 모든 걸 버리고 함께 가고 싶다는 충동마저 들었다. 시간은 느리게 흘렀고, 그 속에서 빠져

나오기란 무척이나 힘겨웠다. 아니, 그러기 싫었다.

"휴, 생각해볼게."

나는 고개를 돌리며 말했다. 실망이 가득한 그녀의 큰 눈을 감히 쳐다볼 수가 없었다. 그토록 좋아했던 그 눈을 보고 거절하기는 어려울 것 같았다.

나는 온갖 잡생각에 잠을 설친 채 아침을 맞이했다. 그리고 형식적으로 다음을 기약하며 도망치듯 그곳을 빠져나왔다. 근처 지하철역까지 배웅을 나온 수정은 개찰구에서 마지막 손짓을 하며 말했다.

"연락해, 김날."

나는 연락하지 않았고, 그런 일이 전혀 없었던 것처럼 일상으로 돌아왔다.

그렇게 수정을 잊고 1년 정도 지내던 어느 날, 우연히 교회 다니던 시절의 친구를 만났다. (연애 시작을 방해했던 그 친구놈이다.) 그에게 수정과의 일을 얘기했는데, 의외로 녀석에게서 그녀의 근황을 들을 수 있었다.

"아! 수정이… 내가 소식 들었는데… 쫄딱 망했대. 얼마 전 뉴스에 나왔는데 그 다단계 회장 감옥 갔잖아. 그래서 걔네 가족 완전 길거리에 나앉았다던데? 수정이는 거기서 만난 남자랑 결혼했다고 하고⋯."

망했다는 소식보다 결혼했다는 말이 더 충격이었다.

혼자가 된 후, 밤이면 가끔 내가 과거에 버린 선택을 되짚어 본다. 내 첫사랑 수정. 배시시 웃는 그녀의 모습을 떠올릴 때면 여전히 내 입꼬리가 올라간다. 성인이 될 무렵의 내 풋풋하고 순수했던 감정을 온전히 가져간 그녀는 지금 어디서 무얼 하고 있을까? 그 마지막 밤, 그녀의 요구에 응했다면 나는 그녀의 짝이 되었을까?

뒤돌아보면 살아온 모든 날들이 선택의 순간이었다. 그 선택으로 사랑했던 여자와 결혼을 했고, 헤어졌다. 지나간 선택에 대한 후회는 어리석지만, 가끔 선택을 바꾸는 상상 정도는 해도 괜찮지 않을까?

미워도
다시 한번

____

o

　　　나이가 들고 다양한 인간사를 겪으면서 나는 한 번 내린 '단호한' 결정은 번복하지 않게 되었다. 그러면서 스스로에 대한 확신도 커져갔다. 여러 가지를 경험하고 시행착오를 겪으며 과정과 결과에 최적이라고 생각해서 내린, 고집과는 조금 결이 다른 판단이었다. 그런 성격은 결혼하고도 바뀌지 않았는데, 그것이 훗날 이혼 직전의 갈등 봉합에 실패한 가장 큰 이유가 되었다.

　　원래 나란 인간은 정에 약하고 우유부단하며 모질지 못했다. 한번 사람을 좋아하거나 믿으면 뼈와 골수까지 바치곤 했는데 지금은 그렇지 않다. 선을 긋는 순간 돌아서는 데 주저함이 없고, 단념한 순간 심장이 차갑게 식는다. 그렇게 변한 것은 나의 20대를 가져간 연인 때문이다.

20대의 마지막을 보내며 그녀에게 가슴 아픈 이별을 통보했다. 얼굴도 마주하지 않은 채.

대학에서 만나 무려 8년을 사귀는 동안 그녀는 세 번 바람을 피웠다.

어릴 때는 사랑에 대한 나만의 환상이 있었다. 평생을 한 여자만 사랑하고, 같이 손잡고 노년을 보내며, 한날한시에 눈을 감는 흔하디흔한 낭만적인 꿈. 그런 꿈을 꾸며 성인이 되고 어느덧 대학 생활을 마무리할 무렵이었다.

새 학년이 시작될 때 남자 선배들의 가장 큰 관심사는 예쁜 새내기 여학생이었다. 4학년이 된 나도 여기저기 기웃거리며 소문을 동냥하곤 했는데, 그 해 신입생은 정말 역대급이라는 이야기가 돌았다. 그중 가장 솔깃한 것은 속칭 '공대 전지현'이라는 수식어를 달고 있는 새내기에 대한 소문이었다. 전지현이라니, 과장이 심하다고 생각했지만 한번 보고 싶긴 했다.

오로지 이성에게 잘 보이기 위해 통기타를 연습하느라 손가락에 제법 굳은살이 박이던 때였다. 당시 나는 고음 노래가 자신이 있었기에 느린 템포의 곡을 골라 연습하고 또 연습했다.

그래서 고른 곡은 Helloween의 〈A Tale That Wasn't Right〉.
나는 공강 시간만 되면 학회실에 앉아 꽥꽥 소리를 질러댔다.

"인 마 헛! 인 마 쏘오오올 In my heart in my soul!"

어설픈 기타 반주와 돼지 멱따는 소리가 따로 놀았지만 그건 중요하지 않았다. 그러던 어느 날, 한 무리의 여학생들이 학회실로 들어왔다.

"선배님, 안녕하십니까. **학번 새내기 인사드립니다."

"인 마 헛! 인 마….'

배꼽인사를 하며 들어오는 신입생들. 한눈에 봐도 어색한 화장과 옷차림이 고등학생 티를 벗어나지 못한 모습이었는데 그 모습조차 너무 귀여웠다.

그중 한 명이 앞장서서 말했다.

"선배님! 새내기는 점심값을 내지 않는 거라고 학회장님이 말씀하셨습니다!"

무리 중 제일 뒤에 있는 여자애는 큰 키로 인해 단연 눈에 띄었다. 당시 유행했던 DJ. DOC의 히트곡 중에 이런 가사가 있다.

허리까지 내려오는 까만 생머리

늘씬한 몸매에 허리까지 내려오는 긴 머리가 무척이나 잘 어울리는 친구였다. 게다가 흰 티에 청바지 조합이라니! 나도 모르게 고개를 끄덕였다. 저 애가 소문 속 전지현이구나.

"제군들이여, 배고픈 자는 따라오라."

"와아아아! 선배님 최고!"

나는 어설픈 기타 쇼를 집어치우고 병아리들과 함께 학생식당으로 갔다. 그러고는 밥을 먹으며 내 소개를 하고 새내기들의 호구조사를 시작했다. 은근슬쩍 휴대폰 번호도 교환했고.

몇 달 후, 긴 생머리 그녀와 친해지는 계기가 생겼다. 연결점은 음악이었다. 어릴 때부터 일본 유명 밴드인 X-JAPAN에 목숨을 걸었던 그녀. 고등학교 때는 멤버 중 히데가 자살한 날 학교를 빠지고 추모 모임에 갔다고 한다. 그녀의 모든 아이디가 'hide'였던 이유가 설명되었고, 대학 밴드부에서 보컬을 맡기도 했던 나는 노래방에서 X-JAPAN 노래를 불러 그녀의 관심을 끄는 데 성공했다.

그 후 나한테 호감을 느꼈는지 그녀는 록페스티벌 공연에 같이 가자며 티켓을 내밀었다. 그 공연을 계기로 우리는 사귀기 시작했다.

그렇게 나는 TV에서만 보던 그럴듯한 연애를 하게 됐고, 그녀를 향한 내 마음은 날이 갈수록 깊어져갔다. 그도 그럴 것이, 그녀 앞에서는 언제나 기댈 수 있는 선배이자 능숙한 연애 박사인 척했지만 제대로 된 연애는 사실 그때가 처음이었기 때문이다. 그래서 그녀가 내 인생의 처음이자 마지막 진실한 사랑이길 바랐다. 하지만 그녀가 꿈꾸던 낭만은 나와 달랐는지, 만남의 시계가 채 3년이 되기 전 내 생애 가장 강력한 드라마가 펼쳐지기 시작했다.

그녀가 처음 바람을 피운 상대는 우리 과 후배였다. 시간이 지나 나는 학교를 졸업하고 직장인이 되었고, 적은 월급이지만 둘이 즐기기엔 충분한 사치를 누리며 그녀와 함께 시간을 보내고 있었다. 병역을 대신한 특례 연구원 신분과 소프트웨어 개발이라는 업무 특성상 잦은 야근은 필수여서 주중에는 거의 만나지 못했다. 그러다 보니 토요일 오후에 만나는 것은 오랜 시간 굳어진 우리의 데이트 룰이었다. 토요일 출근이 당연하던 시절이라, 학생이었던 그녀는 내가 오기를 기다리며 PC방에서 시간을 보내곤 했다.

퇴근 후 늘 만나던 PC방에 도착하니 모니터를 뚫어져라 쳐다보는 그녀가 눈에 들어왔다. 반가움에 인사를 하려다 순간 장난기가 발동해 그녀 옆으로 몰래 다가갔다. 내가 온 줄도 모르고 어떤 남자의 '싸이월드'에 빠져 있던 그녀. 그 범상찮은 눈을 보고 있자니 모니터 속 남성이 누군지 궁금해졌다.

"그 남자는 누구야?"

"으앗, 오빠 왔어? 응. 우리 과 후배야."

한눈에 보기에도 잘생긴 얼굴과 세련된 스타일. 알고 보니 학교에서 꽤 유명한 후배였다. 하지만 그때까지만 해도 나는 별다른 의심을 하지 않았고, 매주 토요일 저녁은 여느 때와 다름없이 그녀와 함께 보냈다.

그렇게 한 달쯤 지났을까. 항상 만나던 시간인데 그녀가 연락이 되지 않았다. 그것도 거의 24시간 동안. 우리가 반나절 이상 상대의 소식을 모르는 건 정말 흔치 않은 일이었다. 몸이 부르르 떨리며 불길한 느낌이 들었다. 나는 몇 주 전 보았던 그 모니터 속 후배의 연락처를 급하게 수소문했다. 이 정도로 확신에 찬 강렬한 직감은 난생처음이었다.

다음 날 아침, 나는 떨리는 가슴을 애써 진정시키며 전화를 걸었다.

뚜르르- 뚜르르- 뚜르르-

“여보세요.”

통화 연결음에 이어 남자 목소리가 들려왔다. 막 일어난 듯한 낮은 톤의 목소리가 귀에 거슬렸다. 나는 단도직입적으로 말했다.

“**학번 김날이라고 해. 나 알지?”

이렇게 건방지게 얘기할 수 있었던 것은 그가 나보다 한참 후배이기도 했지만 당시 내가 후배들 사이에 제법 ‘인싸’로 통하고 있었기 때문이다. 가족 중 TV에 나오는 유명인이 있는 데다 과 후배들의 행사에 초대되어 ‘지갑 전사’가 되어주는 일이 잦았던 까닭이다.

“아 네, 선배님… 알고 있습니….”

마지막 ‘다’가 잘 들리지 않을 정도로 무거운 대답이었다. 무언가 체념한 듯한 목소리로 들렸다. 그 순간 직감이 맞았다는 느낌이 들면서 전화기를 든 손에서 힘이 빠졌다.

“거기 **이 같이 있지? 좀 바꿔줘.”

반은 확신에 차서, 반은 넘겨짚으며 말했지만 후배는 아니라고 둘러대지 못했다.

“지금… 누나가 술이 안 깨서요. 정신이 들면 전화하라고 하겠습니다….”

술은 어제 먹었을 것이고 지금은 아침인데, 네 말이 거짓말인 것은 말하는 너도 알고 듣는 나도 알지. 후배는 떨리는 음성으로 대답한 뒤 나의 처분을 기다리고 있었다. 분노가 온몸을 지배해서 날뛸 줄 알았는데 내 감정은 생각과 달리 차분했다. 나는 마치 미리 준비라도 해둔 듯 말했다.

"그래? 알았어. **이 술 깨면 잘 챙겨주고, 학교 앞으로 같이 와. 택시비는 줄 테니."

"저도요…? 네, 알겠습니다…."

나는 상황을 침착하게 넘긴 스스로를 칭찬했다. 화를 내거나 욕지거리를 해댔으면 모든 게 엉망이 됐을 거야, 라며.

하지만 그것도 잠시. 곧 정신이 아득해지면서 공황이 엄습했다. 내게 왜 이런 시련이 닥친 걸까. 지난 3년을 되짚으며 무엇이 잘못된 건지 기억을 복기해봤지만 도무지 알 수가 없었다.

씨발.

차오르는 눈물을 꾹 참으며 옷가지를 대충 걸치고 현관문을 나섰다.

부르릉—

차에 시동을 걸고 잠시 기다렸다. 내면이 타 들어가는 것만 같았다. 그녀의 납득할 수 있는 변명으로 이 갈증이 해소될 수 있다면 얼마나 좋을까.

나는 한 시간가량을 운전해 약속 장소에 도착했다. 주위를 둘러보며 '외도'한 남녀를 기다리는 시간은 영겁처럼 느리게 흘러갔다. 다섯 개의 담배꽁초가 발밑에 흩어질 즈음 두 사람이 내 쪽으로 다가왔다. 그녀는 내 눈을 똑바로 보지 못한 채 차 뒷문을 열어 승차했다. 조금 뒤 후배도 그 옆에 나란히 앉았는데, 그 모습을 본 순간 나는 '이대로 차를 몰아 중앙 차선을 넘어가고 싶다'라는 망상에 휩싸였다.

"안녕하세요….."

"…."

나는 후배의 인사를 들은 척도 하지 않고 백미러로 시선을 보내며 말했다.

"어떻게 된 건지 얘기해봐."

그녀는 말없이 머리 한쪽을 차창에 기댔다. 나를 한눈에 반하게 했던 긴 머리가 방패가 되어 자연스레 그녀의 얼굴을 가렸다.

"…어제 누나랑 술을 좀 마셨는데 술이 많이 취하셔서 저희 집에서 주무셨습니다."

거울에 비친 두 사람은 의외로 잘 어울렸다. 나는 심호흡을 한 뒤 다음 질문을 이어가려 했지만 차마 입이 떨어지지 않았다. 그렇게 한참을 무작정 운전하다 간신히 내뱉은 첫마디는 내가 생각해도 어이가 없었다.

"어제 있었던 일에 대해 너를 추궁하거나 잘못을 따지지는 않을게. 대신 한 가지만 약속해줘. 이 일은 죽을 때까지 우리 셋만 아는 것으로 하자."

예상치 못한 말에 후배는 알았다고 하며 고개를 떨구었다. 나는 가까운 지하철역에 그를 내려주고는 아직도 고개를 들지 못하고 있는 그녀에게 물었다.

"속은 괜찮아? 술도 못 마시면서 어젠 왜 그렇게 마셨어?"

아무것도 묻고 싶지 않았지만 무슨 말이라도 해야 했다. 머릿속은 온통 '어떻게 정리하는 것이 좋을까' 하는 생각으로 차 있었다.

"…미안해 …정말."

어제 같이 잤어? 좋았니? 왜 그랬어? 내가 뭐가 부족했어? 진짜 하고 싶은 말은 입 밖으로 나오지 않았다.

"일단 집에 데려다줄 테니 어느 정도 정리되면 연락해."

상황을 피하고 싶었던 걸까, 아니면 헤어질 용기가 없었던 걸까. 그저 이 상황에서 도망치고 싶었던 나는 말없이 그녀의 집으로 차를 몰았다. 우리 사이에는 어색한 정적만 맴돌았다. 조금 뒤 그녀가 고개를 들고 말했다.

"저기, 커피 한잔 마시고 싶은데…."

그녀 집 근처 카페에 차를 세우고 안으로 들어갔다. 자리를 잡고 앉은 후에도 어색한 침묵은 계속되었지만, 달달한 캐러멜마키아토가 들어가니 몸속에 당과 함께 활력이 채워졌다. 그리고 그 활력은 결국 내 의지의 통제를 넘어서며 입 밖으로 나오고 말았다.

"그래서, 잤어?"

"……."

대답 대신 침묵으로 긍정을 표현한 그녀가 울음을 터뜨렸다.

"미…안해. 흑, 정말 미안해… 흑흑."

그래. 차라리 잘됐다. 우리는 여기까지구나.

"휴, 오래 만나긴 했지. 둘이 잘 어울리더라. 잘 만나고."

나는 더 이상 말을 잇지 않고 내 입으로 이별을 통보했다.

그러자 그녀가 갑자기 고개를 들어 나를 쳐다보더니 의자에서 일어나 무릎을 꿇었다.

"오빠? 나 한 번만 용서해줘. 응? 한 번만."

갑작스런 행동에 카페 안에 있던 손님들이 놀란 눈으로 우리를 쳐다봤지만 그녀는 개의치 않았다.

"으흐흑, 오빠 미안. 정말 미안. 한 번만 용서해줘. 정말 한 번만….."

이미 마음을 굳힌 나는 그럴 수 없다고 대답했다.

"흑흑. 여기서 헤어지면 저 차도에 뛰어들 거야."

나중에야 내가 순진했다는 것을 깨달았지만, 그 순간만큼은 그 말이 진심으로 들렸다.

"나 죽어도 괜찮아? 내 인생에서 오빠가 첫 남자고, 오빠만 만나서 다른 남자가 궁금했어. 미안해. 정말 미안해. 제발 한 번만… 제바알!"

그랬구나. 너는 그게 억울했구나. 성인이 되자마자 보잘것 없는 나를 만나 아름다운 젊음이 흘러가는 것이 불안했구나.

너무 가슴이 아파 더 이상 벌을 줄 수 없었다. 나는 무릎을 꿇고 있는 그녀를 일으켜 의자에 앉혔다. 그리고 잠시 그녀를 바라보았다.

아, 나는 아직 헤어질 생각이 없구나. 저 모습에 안심이 되는 건 왜일까. 내가 이렇게 널 사랑하고 좋아하니 아직은 헤어지지 못하겠구나. 너무 어릴 때 나를 만났으니 억울할 만도 했겠지. 내가 좀 더 참아볼게. 그게 네가 나에게 준 젊음에 대한 보상이야.

"후, 알았어. 이번은 넘어갈 테니 죽는다는 소린 마. 그리고 병원에 가보자. 혹시 모르니까….."

그녀의 몸에 불행의 씨앗이 심길까 두려웠던 나는 그 순간에도 이렇게 어른인 척을 하고 있었다.

그날 저녁, 나는 그녀를 알지 못하는 먼 선배를 찾아 못 먹는 술에 취해 펑펑, 아주 펑펑 울었다.

그 후 3년이 흘렀다. 동네 친한 친구(첫사랑을 방해했던 그놈)가 한 명 있었는데 그 녀석의 부모님이 인천 부평에서 노래방을 운영했다. 2000년대 중반, 노래방은 한국인의 전통적인 흥에 힘입어 남녀노소 할 것 없이 즐기는 문화로 정착한 상태였다. 당시 친구네 노래방도 주말이면 몰려드는 손님들로 일손이 달려 친구의 동생은 물론 타지에 사는 사촌동생까지 와서 일을 돕고 있었다.

"형! 왔어? 오늘 왜 이렇게 옷을 거지같이 입고 왔어. 크하하하."

주말에 시간을 내서 노래방을 방문하니 카운터를 지키고

있던 친구 동생놈이 나를 놀렸다.

20대 남자들은 몇 살 터울이 나지 않는 경우 보통 호칭을 형 정도로 하며 반존대로 대화한다. 마침 그곳에 있던 친구의 사촌동생 성준이 말했다.

"형님 오셨어요? 겉옷 주시면 제가 옷걸이에 걸어놓을게요. 주세요."

키야, 이 올바른 사회성. 이러니 너를 안 좋아할 수가 있니?

당시 20대 중반이었던 내 친구들은 그 노래방을 아지트 삼아 수시로 모였고, 다들 싹싹하고 밝은 성준을 좋아하고 아꼈다. 성준은 예의 바르고 씩씩한 성격에 남다른 매너로 형들의 사랑을 독차지하고 있었다.

내가 살던 동네는 무척 좁아서 "아는 친구의 아는 형님의 아는 동생이요오오오."라고 하면 다 통할 정도로 학연과 지연으로 똘똘 뭉쳐 있었다. 그러다 보니 새로 유입된 타 지역 사람들은 적응하기가 쉽지 않았다. 게다가 동네에는 지역상권 유지 목적이라는 미명 아래 '삥'을 뜯는 상인연합회라는 것이 있었는데, 그 일을 맡은 것 또한 내 또래 건달들이었다. 이런 슬럼가 같은 환경에서도 잘 정착한 성준은 노래방 일을 도운 지 1년 만에 인근에 자신의 술집을 개장했고, 지역의 일원이 되었다.

그 무렵 내 여자 친구는 나와 사귄 기간이 꽤 되어 내 친구, 선배, 후배 할 것 없이 모두와 친하게 지내고 있었다. 나는 연애할 때 주변 사람에게 연인을 소개하고 관계를 굳건히 만드는 버릇이 있었다. 그 버릇이 눈먼 믿음이 되어 모두를 망치는 결과로 이어질 줄이야.

여자 친구는 대학을 졸업한 뒤 당시 우리 부모님이 운영하던 병원에 취직했다. 전공과 맞지 않는 직무였지만 부모님은 그녀를 며느리로 생각하신 지 오래였고, 그녀도 그게 당연하다는 듯 졸업 후 줄곧 병원에서 일했다. 나는 서울에 있는 회사에 취직한 상태였고, 자연스레 나의 커뮤니티로 녹아든 그녀는 내가 없어도 주변 사람들과 허물없이 지내고 있었다.

그녀와 함께 동네 카페에서 한가로운 오후를 즐기던 어느 날이었다. 당시 메신저의 지배자는 '네이트온'이었다. 그녀가 너무 메신저에 열중하고 있길래 내가 물었다.

"누군데 그렇게 열심이야?"

그녀가 잠시 머뭇거리더니 대답했다.

"성준 오빠."

다른 부연 설명 없이 자연스럽게 나온 이름은 친구의 사촌

동생. 내가 부재할 때도 내 연인을 챙겨준 고마운 후배 성준이 었다.

우리의 청춘은 즐겁고 바쁘게 지나갔고 행복은 계속될 것 만 같았다. 그러나.

띠링—

근무 중에 문자 알림이 떴다. 성준이었다.

—형님, 퇴근 후 시간 되시면 저희 가게에 잠시 들러서 차 한잔하시죠.

나이에 비해 항상 예의 바르고 정중한 동생이었지만 그날 따라 의미심장하게 느껴질 정도로 태도가 깍듯했다. 해가 지 고 부평 거리가 네온사인으로 뒤덮일 무렵 나는 성준의 가게 에 도착했다. 평일 이른 저녁이라 가게 안은 한산했다. 성준은 입고 있던 앞치마를 벗으며 안쪽 테이블로 나를 안내했다. 그 러더니 자리에 앉자마자 뜬금없는 얘기를 꺼냈다.

"형님, 어디서부터 말해야 할지 모르겠지만 오해 말고 들어 주시면 좋겠습니다."

첫마디를 듣자마자 기분 나쁜 감각이 등 뒤에서 스멀스멀 올라왔다.

"저기… 어제 많이 취해서 같이 있었는데….”

정신이 아득해졌다. 뒷얘기는 잘 들리지 않았고 몸이 땅으로 꺼지는 듯한 착각이 들었다.

"물론 별일이 있거나 한 건 아니지만 오해하실 수 있는 상황이라 이렇게 말씀드립니다. 어찌 됐건 죄송합니다.”

죄송할 일은 하질 말아야지. 믿는 도끼에 찍힌 발등은 무척이나 아팠다.

그동안 내가 모르는 얼마나 많은 추파와 해프닝이 있었던 걸까.

추측과 망상의 시간이 지나자, 머리를 조아리며 괴로워하는 성준이 시야에 들어왔다. 무척이나 미안하고 황망해하는 표정이었다. 이놈의 성격과 행동으로 보아 둘 사이에 불미스러운 일은 없었을 것 같았다. 아니, 그렇게 생각하는 게 더 편했을지도.

나는 얘기해줘서 고맙다고 말하며 자리를 떴다. 그러고는 그녀에게 전화를 걸었다.

"어디야?”

"집이지.”

어제 피곤해서 일찍 잔다고 했던 그녀의 거짓말이 머릿속을 맴돌았다. 나는 잠시 숨을 고른 후 말했다.

"성준이한테 얘기 들었어. 네 거짓말에 아주 신물이 난다. 이제 그만하자."

그 말을 내뱉고는 바로 전화를 끊어버렸다. 끊자마자 전화벨이 계속 울렸지만 받지 않았다. 그나마 다행이라고 해야 하나. 3년 전보다는 충격이 덜한 것 같았다.

짧은 통화 후 나는 익숙한 거리를 정신없이 헤매듯 걸었다.

억울함. 그때의 감정은 괴로움이라기보다 억울함이었다. 한눈 한번 팔지 않았던 내 순정, 같이 미래를 꿈꾸며 보냈던 수많은 시간이 너무 허무하게 느껴졌다.

망연자실한 채로 담배를 물고 길바닥에 쪼그려 앉아 있는데, 어느 순간 정신을 차려보니 헐레벌떡 뛰어오느라 땀범벅이 된 그녀가 눈앞에 서 있었다. 무심코 주변을 살펴보니 차가 다니는 길은 아니었다. 전처럼 달리는 차에 뛰어들겠다는 말은 안 하겠구나. 나는 엉덩이를 털고 자리에서 일어났다.

얼마 후 나는 또다시 그녀의 눈물과 하소연, 약 먹고 죽겠다는 협박(?)에 굴복하고 말았다. 3년 전에 비해 상대적으로 덜한 충격과 익숙함에 헤어질 정도는 아니라고 스스로를 설득하면서.

그녀가 말했다.

"나는 오빠를 사랑하고 존경하기 때문에 결혼은 오빠랑 하고 싶어. 하지만 결혼해서도 남자 친구가 있으면 좋겠어. 이해가 안 될 수도 있겠지만 그게 내 솔직한 마음이야."

망치로 머리를 세게 얻어 맞은 것 같았다. 어떻게 결혼을 한 뒤에도 다른 남자를 만나겠다는 생각을 할 수 있지? 어느 수준까지의 남자 친구를 말하는 건지 혼란스러웠지만 더는 묻지 않았다. 다만 그날을 계기로 나는 그녀와 꿈꾸던 미래를 포기하고, 헤어질 준비를 시작했다.

그녀는 모르고 있었지만 당시 우리 집에서 내게 그녀와 함께 해외 유학을 떠나라고 제안해 고민하던 중이었다. 집안에서 결혼까지 고려해 내린 결정이었는데, 창업을 꿈꾸던 나는 유학이 시간 낭비처럼 느껴져 미루던 상황이었다.

그날 저녁, 어머니에게 전화를 걸어 말했다.

"전에 말했던 유학은 없던 일로 하는 게 좋겠어요."

그녀의 마지막 바람 상대는 부모님 병원의 직원이었다. 나는 한 번도 본 적 없는 구급차 운전기사였는데 8년이라는 시간에 대한 마침표치고는 우스운, 별것 아닌 상황에서 알게 되었다. 그냥 '촉'으로 눈치챘다고 할까? 연인끼리는 상대방의 분위기가 바뀌면 금방 알아채기 마련이다. 내 경우 헤어질 준비를 하고 있어서 더욱 예민하고 민감했던 것 같다.

그날도 우리는 평소의 패턴대로 토요일에 데이트를 하고 있었다.

"왔어?"

"응. 오늘은 뭐 먹을까?"

다음 날이 휴일이라는 생각을 하니 마음이 세상 행복하고 편안해졌다.

"아무거나."

그녀가 기운 없는 얼굴과 목소리로 대답했다. 그러더니 잠시 후 덧붙였다.

"오빠, 나 오늘 컨디션이 별로라 일찍 집에 가서 쉴래. 내일까지 잠 좀 푹 자야겠어."

일주일 만에 보는 건데 만나자마자 집에 갈 생각부터 하다니. 일요일인 내일도 집에서 쉴 테니 그리 알라는 말인데….

내 눈을 똑바로 마주하지 못하는 그녀의 눈과 미세하게 떨리는 말투가 마음에 걸렸다. 그녀의 연기는 완벽하지 못했다. 그 어색함과 불안함의 냄새가 나에게 경고를 보내고 있었다.

"집에 가서 연락할게."

저녁을 먹자마자 그녀는 서둘러 집으로 돌아갔다. 잠시 후 집에 도착했다며 씻고 잔다는 말을 남긴 채 전화를 끊었다.

다음 날 아침, 그녀는 내 전화를 받지 않았다. 집으로 전화를 걸자 그녀의 언니가 받았다. 당시에는 지금과 다르게 집집마다 유선 전화기가 있었고, 식구들과도 가까운 사이라 집으로 전화를 거는 데 불편함은 없었다.

"여보세요?"

그녀의 언니 역시 나와 친한 사이였다.

"오랜만이야. 잘 지냈지? 혹시 **이 많이 아파?"

"아 오빠, 안녕하세요. 아침에 약속 있다고 나간 것 같은데!? 아닌가, 지금 자고 있나?"

넌지시 많이 아프냐고 물었을 뿐인데 그녀가 집에 없다는 답변과 함께 두서없는 변명이 돌아왔다.

왜 슬픈 예감은 틀린 적이 없을까.

이제 정말, 정말로 인연을 끊어야겠다고 생각했다. 그녀에게 따로 확인할 필요도 없었다. 나는 문자로 이별을 통보했다.

─넌 정말 최악이야. 더 이상 연락하지 마.

몇 시간 뒤 전화를 걸어온 그녀. 어떻게 사람 뒤를 캐고 다니느냐며 분노를 쏟아냈다. 무대응으로 일관하자 오해한 거라는 뻔한 스토리로 이어졌다.

그 내용을 확인하는 것조차 귀찮았다. 사실을 파악하고 해명을 듣고 다시 이해하는 과정이 덧없게 느껴졌다. 그녀와 보낸 8년을 떠올리니 할 만큼 했다는 생각이 들었다. 감정이 메말랐는지 눈물도 나지 않았고 슬프지도 않았다. 다만 그녀가 부모님 병원에서 일하고 있었기에 그 매듭을 어떻게 풀어야 할지가 유일한 고민거리였다.

그녀는 더 이상 변명하지 않고 대신 우리 집 앞에서 2주일 동안 매일 나를 기다렸다. 하지만 나는 그녀를 만나지 않았다. 아무것도 모르는 우리 가족은 그렇게 오래 만나놓고 이런 식으로 차버리느냐며 나를 비난했다. 나는 쓰레기 취급까지 받으면서도 아무 말도 하지 않았다. 결국 그녀는 장문의 메일을 보내왔다.

요약하면 그동안 정말 사랑했고, 고마웠고, 앞으로 행복하라는 내용이었다.

부모님께는 마음이 식어서 헤어졌다고 둘러댔고, 주변의 지인들에게도 그녀가 바람을 피웠다는 사실은 함구했다. 그녀와 나의 생활권이 많이 겹쳐 있었으므로 일반적인 이별이 아닌 다른 이유가 회자되는 것은 나도 싫었다. 가족과 지인들에게 몇 달을 욕 먹으면서도 나는 꿋꿋이 비밀을 지켰다. 지금도 가끔 어머니는 그녀 얘기를 한다. 병원이 부도나서 자금 운용이 어려울 때 그녀가 보살펴주었다며.

그녀는 지금 다른 남자의 아내이자 한 아이의 엄마가 되어 있다. 몇 년 전 어머니가 그녀의 도움을 언급했을 때 카톡으로 짧게 감사 인사를 건넨 것이 그동안 그녀에게 했던 연락의 전부였다. 20년 전 우리는 서로에게 현재였고 미래였지만, 이제는 가끔 눈에 띄는 카톡 프로필로 서로의 안녕을 짐작하는 추억의 한 조각일 뿐이다.

나는 그녀를 만나 최선을 다했고, 20대의 모든 것을 바쳤다. 그래서 그 이별을 후회하지 않는다. 하지만 최선을 다했다는 것이 정말 후회를 지워주는 걸까. 그녀와의 이별 이후, 나도 모르는 사이 나는 방어적인 사람이 되어 있었다. 관계가 흔들릴 것 같으면 먼저 등을 돌렸고, 그것이 시간을 아끼는 일이라고 스스로를 납득시켰다. 상처받지 않으려는 마음이 언젠가부터 상처 주는 방식이 되었다는 것도 몰랐다.

전처에게 난 최선을 다했을까. 아니, 그러지 못했다. 적어도 20대의 그녀만큼은 아니었다. 그래서 아내가 미웠지만 미안했고, 분노했지만 고마웠다. 최선을 다할 때만 후회가 남지 않는다면, 최선을 다하지 못한 결혼 생활에는 얼마만큼의 후회가 남게 될까. 아직은 잘 모르겠다.

결혼 생활을 지속할 때와 혼자가 된 후의 삶의 밀도는 확연히 달랐다. 갑자기 혼자가 되면서 나는 부쩍 자주 외로움을 느꼈다. 그래서 혼자 있는 시간을 조금이라도 줄여보려 약속을 늘려갔다.

어느 날, 동창 녀석의 연락을 받았다.

"잘 지내지? 이야, 진짜 오랜만이다."

다른 과에서 우리 과로 편입한 뒤 유일하게 나와 친하게 지냈던 친구인데, 졸업 후 가끔 카톡으로 안부를 주고받았을 뿐 통화를 한 건 이번이 처음이었다.

"나, 10년 전에 결혼했어."

뜬금없는 결혼 소식을 들은 친구는 큰 소리로 축하를 해주었다.

"늦었지만 축하한다. 연락하지 그랬냐. 서운하게."

나는 그 소리를 듣고 다시 한 번 말했다.

"그런데 작년에 이혼했어. 크크크크."

이어지는 말에 그 녀석은 깜짝 놀라며 멋쩍게 웃었는데, 잠시 후 돌아온 대답이 가관이었다.

"나돈데?"

이런. 무소식이 희소식이란 말이 괜히 있는 게 아니구나.

동병상련同病相憐. 이 자식은 꼭 만나야 해.

아마 말은 안 했지만 마음속으로는 동시에 외쳤을지도 모르겠다.

그날 저녁 퇴근 후 그 친구 회사 앞으로 갔다. 친구는 대학 때와 크게 다르지 않은 모습이었다. 인격이 보이는 적당한 뱃살과 조금 벗겨진 머리를 제외하면.

친구는 그간 성취해낸 것들과 사내에서의 위치를 자랑했지만 그것은 우리에게 큰 얘깃거리가 되지 못했다. 결국 우린 서로의 이혼담을 털어놓으며 서로를 위로했고, 어떻게 살고 있는지 이야기했다. 그러던 중 친구가 최근 겪었던 끔찍한 경험을 얘기하기 시작했다.

"회사에 친하게 지내던 상무가 있었는데 그 상무도 싱글이어서 나와 죽이 잘 맞았어. 근데 그 상무랑 우리 집에서 3차를 하고 내 침대에서 취해 잠들었는데… 씨발! 아오."

설마하며 뒷얘기를 들었다. 그 '남자' 상무가 친구를 뒤에서 안고 더듬었다는 것이다. 친구는 밤새 철벽 방어를 치면서도 상사가 민망할 것을 배려해 이병헌급 모른 척 연기로 밤을 지새웠다고.

다음 날부터 친구는 그를 멀리했고, 지금은 얼굴만 보면 서로 피한다고 했다. 상무의 이혼 사유를 듣고 보니 자신은 성추행을 당한 거였다며 연거푸 술잔을 들이켰다. 나는 잠시 후 친구에게 내가 겪었던 이야기를 들려주었다.

나는 대학에 입학할 때부터 병역에 대한 걱정을 별로 하지 않았다. 계획한 것은 아니지만 남들은 대학 1, 2학년이면 다 가는 군대를 가지 않고 학업을 이어갔다. 그리고 정말 운이 좋게 자격증과 시험으로 병역 특례를 취득해 대학의 전산원에서 근무하게 되었다. 주요 담당 업무는 교수 연구비 정산 관련 학사관리 시스템 개발이었다. 아무튼 복무 기간은 길었지만 현역 군인의 고생에 비하면 너무나 편한 생활이었다. 월급도 꽤 되었다.

그렇게 1년 정도 근무하던 어느 날, 전산원에 나와 같은 특례 신분의 문식이 들어왔다.

"헤헤, 한 살 차이인데 그냥 친구해요, 우리!"

산만 한 덩치에 덥수룩한 수염. 외모는 삼국지의 장비를 연상케 했지만 곰살맞은 성격에 귀여운 말투가 밉지 않은 캐릭터였다. 문식이 나보다 나이가 한 살 많았지만 직장 생활은 내가 선배였으므로 우리는 그 둘을 서로 퉁치며 친구로 지냈다.

몇 개월 정도 흘렀을 때 BK 21 사업으로 문식과 함께 출장을 가게 되었다. 무난하게 출장 일정을 끝내고 마지막 밤을 보낼 때였다. 술자리가 길어졌고, 평소 술을 좋아하던 문식은 몸을 못 가눌 정도로 만취했다.

나는 문식을 질질 끌다시피 해 숙소로 데려왔다. 문식은 옷도 갈아 입지 않은 채 침대에 벌러덩 누웠고, 상대적으로 덩치가 왜소했던 나는 낑낑거리며 그의 옷을 벗겨주었다. 그때였다. 갑자기 문식이 벌떡 상체를 일으키며 소리쳤다.

"나! 사실 이반이야."

"이반? 애니메이션 에반게리온 말하는 거야?"

나는 전혀 모르는 낯선 단어를 쓰는 문식을 쳐다보며 되물었다. 그러자 갑자기 문식이 게슴츠레한 눈빛을 하더니 아주 느끼한 말투로 설명했다.

"일반 아니고 이반이라고. 여자보다 남자에게 끌려."

그 얘기를 듣자마자 내 눈길은 하나뿐인 침대로 향했다. 방금 전까지 저놈이 불편할까 봐 옷을 벗겨 눕히느라 끙끙댔다는 사실이 충격과 공포로 다가왔다. 순간 나도 모르게 육두문자를 쓰며 문식을 발로 차버렸다.

"그걸 왜! 이제 말해? 씨발노마아아아아아아!"

"으헉."

문식이 숨넘어가는 소리를 지르며 침대에서 떨어졌다. 순간 미안한 마음이 들 뻔했지만 미안함은 이내 다시 공포로 바뀌었다. 그놈이 웃으며 다시 침대 위로 올라오는데 그 모습이 꼭 절벽에서 올라오는 에일리언 같았고, 영화 〈부산행〉에서 기차에 올라 타는 좀비 같았다. 나는 침대 스탠드 옆에 있던 볼펜을 슬그머니 손에 쥐었다.

문식은 외모 꾸미기를 좋아했다. 퇴근 후면 화장실에서 짙은 화장을 하고, 숱이 별로 많지 않은 머리를 부지런히 손질했다. 머리카락에 헤어왁스를 구석구석 바른 다음 검은 비닐봉지를 쓰고 막 비벼서 풍성하게 하는 기술은 지금 생각해도 신기할 따름이다.

그렇게 잔뜩 꾸미고 이태원의 클럽을 가곤 했는데 지금 생각해보면 게이 바가 아니었을까 싶다. 여성용 파운데이션을 가부키 화장처럼 두껍게 바른 이질적인 모습의 산적. 당시 직원들은 그 모습을 보며 박장대소했지만 문식이 그런 성 정체성을 가졌다고 생각하는 사람은 없었다.

나는 사력을 다해 발바닥으로 문식의 면상을 밀어내며 버티고 또 버티다 제안했다.

"알았으니까 올라오지 말고 그 탁자에서 말해."

나는 변태와 마주한 소녀의 심정으로 이불을 가슴까지 끌어올렸다. 문식은 술이 좀 깼는지 물을 벌컥 들이켜고는 탁자 앞 의자에 앉아 사연을 털어놨다.

"어릴 때부터 이런 성향은 아니었는데… 스무 살 때 술 먹고 구로역 근처 사우나를 간 적이 있어. 그 사우나가 그런 사람들만 오는 곳인지는 몰랐지. 씻고 사람들 사이에 끼여서 잠시 눈을 감았는데 술을 마신 데다 따뜻하니까 금방 취기가 오르면서 잠이 왔어."

흥미진진하지만 왠지 호러물일 것 같은 이야기. 울대가 크게 요동치며 침이 꿀꺽 넘어갔다.

"한참 자고 있는데 꿈인지 현실인지 모르는 상황에서… 누가 내가 덮은 담요 밑으로 들어오더라고…. 그런데… 젠장, 좋더라고.”

요약하면 암묵적인 게이 집합소 사우나를 가게 되어 술에 취해 잠들었고, 그사이 험한 꼴을 당했지만… 결론은 너무 좋았다는 것이었다.

좋았다니! 어? 좋았다니!?

그 후 자신의 성 정체성을 알게 된 문식은 동성을 사귀고 만났다고 한다. 커밍아웃을 한 문식은 용기를 얻었는지 나를 설득하기 시작했다.

“내가 장담하는데 너도 경험해보면 엄청 좋아하게 될걸. 처음이 힘들지.”

그러더니 말이 끝나기가 무섭게 바지를 벗는데 무려… 망사 팬티였다. 나는 순간 너무 놀라 손에 쥐고 있던 펜을 집어던졌다. 펜이 날아가 도착하는 장면을 단 세 마디로 표현하면 이랬다.

슝! 탁! 악!

하필 펜에 얼굴을 맞은 문식은 울면서 “미워!”라고 하더니 방을 뛰쳐나갔다. 그리고 아침까지 돌아오지 않았다. 물론 나도 잠을 제대로 이루지 못했다.

다음 날 아침, 집에 돌아와 마음 편히 자고 있는데 전화벨이 울렸다.

"나 문식인데 큰일 났어! 노트북을 잃어버렸어. 어떡하지?"

역 근처에서 술을 더 먹고 노숙을 했다고 했다. 문식은 그 전에도 만취하면 길바닥을 침대 삼아 잠들곤 했었다.

"이 미친놈아! 그거 잃어버리면 어쩌려고. 미쳤어? 아이고, 내가 너 때문에….""

병역 특례를 받아 일반인처럼 살고 있지만 우리의 신분은 복무 중인 군인이나 다름없었다. 따라서 노트북을 잃어버린 것은 군인이 총을 잃어버린 것과 같은 대형사고였다. 당시에는 네트워크가 지금처럼 발달하지 않아 물리적으로 데이터를 보관했는데, 며칠에 걸쳐 개발한 소스를 분실했다는 것도 문제였다. 잘못하면 징계를 받을 수도 있었다. 그로 인해 병역 특례가 해제되어 군대에 갈 수도 있다는 것을 나도 문식도 알고 있었다. 결국 출근 전에 우리는 다시 만났다. 그러고는 용산을 돌아다니며 같은 모델의 노트북을 사비로 구입한 뒤 머리를 맞대고 프로그램을 복구했다. 내 표정과 태도가 곱지 않았던 건 당연지사.

주말이 지나고 월요일이 되었다.

회사에서 다시 만난 문식과 나 사이에 서먹한 분위기가 돌았다. 망설이던 문식이 담배를 피우러 가는 나를 한두 걸음 뒤에서 따라오며 말했다.

"미안해….."

고개를 숙이며 손을 모은 모습이 덩치에 어울리지 않게 다소곳했다. 나는 괜찮다고 말하면서도 지극히 일반이라 너랑 엮일 수 없다고 몇 번이나 강조했다.

그 말을 듣고 문식이 속내를 털어놨다.

"나는 네가 좋아. 숨기느라 힘들었어. 그래서 털어놨던 건데 이제 포기하려고. 너랑 이 정도라도 잘 지내고 싶어."

제길. 여자한테 받아야 할 고백을 동성의 산적한테 받다니. 확실하게 다짐을 해두고 싶었지만 문식의 표정이 너무 진지해 그만두었다. 그렇게 우리는 화해하고 전과 같은 사이로 돌아왔다. 한 가지 바뀐 것이 있었다.

"나 어제 애인 생겼는데 너 닮았어! 아이, 좋아."

환장할 노릇이다. 이런 소리를 스스럼없이 듣는 내가 이상할 정도다. 나를 닮았다니. 애써 축하해주며 응원했지만 그 환경에 적응하기엔 난 너무 상남자였다.

문식은 병역 기간이 끝나면 일본에 정착하고 싶다고 말하곤 했다. 정확한 이유는 모르지만 당시에 일본이 '이반'으로 살기에 낫다고 생각했던 것 같다. 시간은 빠르게 흘렀고, 대체복무를 한 지 만 3년이 되었다. 나는 직원들의 축하를 받으며 소집 해제되어 군필자가 되었다. 문식은 대략 1년 정도 복무기간이 남은 상태였다.

일반인이 된 후 나는 문식과 연락하지 않았고 한동안 그의 소식을 듣지 못했다. 나중에 회사 선배들에게 들은 것 중에는 문식이 대형 사고를 쳐 현역 군인으로 복귀해야 한다는 확인되지 않은 정보도 있었고, 일이 잘 마무리되어 일본으로 떠났다는 이야기도 있었다. 그렇게 여러 루머 속에 문식은 종적을 감췄다.

내 얘기를 다 들은 친구는 문식을 동정하며 혹시 연락되어 한국에 있으면 셋이 한번 보자는 말까지 했다. 문식도 결혼했다면 지금쯤 우리와 비슷한 처지일지 모른다며.

"에효, 그 상무도 문식이 같을지 모르겠네. 돌아가면 믹스커피나 한잔하며 풀어야겠다."

친구는 상무를 이해해보겠다고 했다.

시커먼 수염 자국에 눈망울이 순수했던 문식.

큰 덩치에 새침하게 삐진 모습이 귀여웠던 문식.

그리고, 나를 무척 좋아했던 문식.

잘 살고 있을까?

일본에 있을까, 아니면 한국에 있을까.

결혼은 했을까.

그래도 내일의
태양은 뜬다

ㅇ

　　시간이 지나면서 나의 삶도 서서히 이혼 전 상태로 회복되어갔다. 채색되지 않은 밑그림에 색깔이 채워지듯, 내 마음도 썰렁하기만 했던 집 안도 조금씩 온기를 되찾고 있었다.

　　닥치면 어떻게든 사는구나.

　　나는 점점 내가 이혼했다는 걸 잊고 살았지만 잠이 드는 시간과 주말은 예외였다.

　　잠들 때 혼자라는 것은 이혼 후 찾아온 가장 큰 변화였다. 생각보다 혼자 잠드는 게 익숙하지 않았는지, 한동안은 침대에 누워 한참을 뒤척이며 전처를 원망하곤 했다. 저주에 가까운 알 수 없는 미움과 행복을 비는 선량한 마음이 뒤죽박죽 섞

였다. 마음을 가라앉히고 평온함을 유지하려고 해도 비어 있
는 침대 한쪽으로 자주 서늘한 한기가 들어왔다.

후우—

눈을 감으면 유난히 크게 들리는 숨소리. 나는 심마心魔에 빠
지지 않기 위해 더 크게 심호흡을 하곤 했다. 오래전부터 해왔
던 명상과 복식호흡으로 평정심을 찾으려고 노력했지만, 가끔
씩 찾아오는 방사통放射痛이 현실을 일깨워주었다. 너는 아직
환자라고.

마찬가지로 계획 없는 주말도 의외로 고민이었다. 그래서
샤워를 좀 더 오래 한다거나, 구역을 구석구석 세분화하여 청
소한다거나, 오래전에 그만둔 온라인 게임을 뒤적거린다거나
하며 시간을 소비했다.

그래도 시간이 남았다. 나는 그제야 결혼 생활 중에는 혼자
무엇을 계획하고 실행한 적이 거의 없었음을 깨달았다. 주말
이 이렇게 길다는 걸 처음 알았을 정도로 시간은 느리고 지루
하게 흘러갔다. 차라리 월요일 출근 시간이 어서 왔으면, 하고
바랄 정도였다.

누군가와 약속을 잡고 네온사인이 찬란한 거리를 활개 치
며 돌아다니던 예전의 의지와 체력은 사라진 지 오래였다. 같

이 어깨동무를 하며 전장을 누비던 친우들은 누군가의 성실한 가장이 되어 있을 터였다.

그래서 한동안은 특별한 계획이 없는 밤이면 무작정 샤워를 했다. 의외로 혼자가 되고 나서 샤워를 자주 그리고 오래 했는데 그 이유는 모르겠다. 다만 샤워를 하면 무언가 씻어내거나 정리하는 듯한 기분이 들어 마음이 조금 평온해졌던 것 같다. 몸을 구석구석 씻다 보면 어느새 잡생각이 사라졌고, 따뜻한 물줄기와 수증기에 몸을 맡기면 마음까지도 이완되었다. 그러고 나서 인터넷을 뒤적거리다 잠이 들곤 했다. 사정을 들은 한 직장 동료가 안타까워하며 말했다.

"온라인 동호회나 카페에 가입해서 외부 사람을 한번 만나보세요. 집과 회사만 다니지 말고요."

그 말에 무덤덤하게 반응했지만 속마음은 복잡했다. 온라인 모임은 어딘가 진정성이 부족할 것이라는 선입견이 있었다. '현실을 피해 온라인으로 도망가는 거 아닌가?' 혹은 '어떤 사람이 나올 줄 알고?' 하는 막연한 두려움도 있었다. 그리고 실은 온라인 모임뿐 아니라 어떤 모임도 혼자 나가는 것이 생소했다.

나는 얼마간 고민하다 결국 컴퓨터 앞에 앉았다. 그리고 포

털사이트 검색창에 한동안 인정하기 싫었던 단어를 재빨리 써 넣었다.

탁탁탁—탁탁탁—

그리고 완성된 단어. 돌싱.

엔터 키를 누르자 수많은 광고와 기사 그리고 연관 온라인 카페가 나왔다. 나는 검색 결과로 나온 카페 목록 중 제일 상단에 있는 곳을 클릭했다. 그 카페의 첫 화면에는 최근 등록된 게시물과 광고가 몰려 있었는데 그 숫자만으로도 규모가 엄청나다는 걸 알 수 있었다. 그리고 카페에 가입한 회원 수를 보고 다시 한 번 놀랐다. 주변에서는 한 명도 찾기 힘들던데 이혼 남녀가 다 여기 모여 있나?

놀라움을 뒤로한 채 가지런히 정렬된 메뉴를 보니 오랫동안 운영되며 다듬어진 이 커뮤니티의 질서가 짐작되었다. 나는 비회원도 접근할 수 있는 게시글을 읽으며 이곳에 가입하기로 결심했다.

—가입했습니다. 잘 부탁드립니다.

나는 짧은 가입 인사글을 올리고 본격적으로 슬기로운 카페 생활을 시작했다. 다른 회원의 글을 읽기 위해서는 먼저 커뮤니티 내의 등급을 올려야 했다. 게시글과 댓글로 적절하게 참여하면 등급이 올라가는 시스템이라 열심히 쓰기만 하면 되었다. 여하튼 이곳은 원래 혼자였건 돌아왔건, 싱글들을 위한 온라인 공간이므로 남녀 간 만남이 우선시될 것이 뻔했다. 물론 나조차도 그런 기대가 있다는 것을 부정할 수는 없었다.

그래서 훗날 이불킥을 하게 만든 게시글을 작성했다. 공개적으로 자신을 소개하며 어필하는 '질문과 대답'이라는 코너가 있었는데 여기에는 결혼정보회사 가입지원서에서 봄직한 질문이 죽 이어져 있었다. 나는 최대한 솔직하게 신상정보를 적고 휴대폰을 열심히 뒤져 가장 잘 나온 사진도 덧붙였다. 그러면서도 워낙 가입 회원이 많으니 나에게 관심을 갖는 이가 금방 생길 거라고는 기대하지 않았다. 나는 그 흔한 SNS조차 하지 않고 있었으니까.

그런데 며칠 후 예상치 못한 일이 일어났다. 내 소개글을 본 몇몇 여성에게서 쪽지가 와 있었던 것이다. 어리둥절한 느낌과 알 수 없는 희열이 가슴 밑바닥부터 올라왔다. 주변의 눈치를 살피며 쪽지를 확인하려는 찰나, 방금 전과 상반되는 이질적인 감정이 요동쳤다.

사람을 사람으로 잊으려 하는 건가?

사랑을 사랑으로 덮으려 하는 건가?

10년 가까운 시간을 함께해온 한 여자에게 느끼던 소속감과 의무감에서 비롯된 어떤 무거운 불편함, 그리고 그로부터 벗어날 수 있다는 기묘한 해방감, 새로운 시작에 대한 모종의 설렘. 이 상반된 감정들이 뒤엉켜 나 자신도 도무지 정의할 수 없는 혼란함이 내 안에 가득했다. 비록 이혼한 상태이긴 하지만 아내가 아닌 다른 여성을 받아들이는 데는 마음의 준비가 필요했다. 그런데 그게 또 아주 나쁘지만은 않았다. 난 알 수 없는 감정과 두근거림을 안고 모니터를 바라봤다. 이제 나는 어디로 가는 걸까.

—안녕하세요. 문답 보고 멋진 분인 거 같아 용기 내서 연락 드려요.

처음 열어본 온라인 쪽지에 이런 내용이 적혀 있었다. 이런 걸 받아본 게 몇 년, 아니 몇십 년 만이지? 난생처음인가.

두 번째 쪽지.

—전 **년생이고 경기 남부에 살고 있습니다. 하하. 친하게 지내요!

어떤 의도로 메시지를 보냈을까? 어떻게 생겼을까? 직업은 뭘까? 나이는 나보다 한참 어린데 나의 무엇이 맘에 들었을까? 다단계나 보이스피싱은 아닐까?

야릇한 기대와 호기심, 그리고 의심 같은 사념思念이 파도처럼 밀려왔다.

또 다른 쪽지를 열었다. 장문의 글이었다.

─안녕하세요. 예전에 소개글 보고 제가 '좋아요'를 눌러놓고 잊고 있었어요. 오늘 퇴근하고 카페 접속했다가 '좋아요' 누른 글들을 우연히 보게 되었고, 어떤 분인지 더 알고 싶은 마음이 들어 이렇게 용기 내어 쪽지 보내봅니다.

저는 **년생이고요, **시에 살고 있어요. 너무 먼가요? 제 기준에 먼 거리는 아니고 인연이 있는 곳이라면 어디라도 가겠다는 맘이지만, 서울 분들은 지방은 많이 멀다는 생각을 갖고 계시더라고요.

저는 결혼식만 올리고 하루도 결혼 생활을 못 해보고 헤어진 케이스예요. 상대방 유책이었고, 혼인 취소까지 가능한 사안이었어요. 물론 혼인 취소 소송은 하지 않았어요. 소송 기간이 너무 길고 비용 또한 만만치 않아서요. 이혼 초기에는 하루 빨리 좋은 인연을 만나 지난 시간을 보상받고 싶다고 생각했지만, 그게 생각보다 쉽지 않은 일이라는 걸 깨닫고 있어요.

평범하게 살아왔고 앞으로도 그럴 줄 알았는데 이혼이라는 복병을 만나면서 인생이 뜻대로 되지 않는다는 걸 배웠어요. 하루 빨리 인연을 만나고 싶다는 마음은 그대로이지만 의지가 부족한 건지 현실에 안주하고 있는 건지 몇 년째 제자리네요. 글을 보고 평범하지만 마음 따뜻하신 바른 분인 것 같아 어떤 분인지 더 알고 싶어졌어요. 제 소개를 한다고 했는데 많이 부족할 거예요. 혹시 더 궁금하신 게 있으면 얼마든지 물어보셔도 됩니다. 그럼 답장 기다릴게요.

다들 사연이 있었고 비슷한 마음이었다. 나중에 알게 된 사실이지만, 신입 회원이 자기 소개글을 올리면 이렇게 많은 사람들이 쪽지를 보내온다고 한다. 여성이라면 쪽지를 열 배는 더 받을 거라고. 나는 그렇게 쌓여 있는(그래 봐야 다섯 개 남짓한) 쪽지를 하나하나 읽으며 정성스레 답장을 했다.

하지만 아직 누군가를 만날 용기가 나지 않았다. 끝나버린 결혼 생활에 대한 애도 기간이 필요했고, 누굴 대면해 나를 보여준다는 것이 엄두가 나지 않았다. 아무튼 마음이 내키지 않았다. 확실한 건, 이성을 만나고 싶다기보다는 여러 사람과 어울리고 싶은 마음이 컸다는 것. 나를 포장할 필요 없이 과거의 나를 전혀 모르는 사람들과 어울려 웃고 떠들고 싶었다.

그래서 나의 두 가지 약점, 즉 술을 전혀 먹지 않는 성향과 수술 후 후유증이 남아 있는 몸을 고려해 카페 내의 취미 활동 클럽과 모임들을 살폈다.

"어디 보자. 흠, 대체로 술 모임인가?"

그러다 눈에 띈 것이 독서 모임이었다. 책읽기를 좋아하는 나는 간단한 회원 신청 단계를 거친 후 용기를 내 오프라인 모임에 참석하겠다는 댓글을 달았다.

몇 년 만에 혼신의 힘을 다해 겉모습을 꾸미고 약속 장소로 갔다. 모임 시간은 오후 3시였는데 긴장한 나머지 두 시간이나 먼저 도착해버렸다. 나는 모임 장소를 확인한 후 근처 카페에 들어가 당일 토론 대상이었던 책을 보며 어떤 얘기를 할지 고민하고 또 고민했다. 읽고 또 읽고 소리 내서 말해보았다. 평상시라면 10분이나 15분 전에 약속 장소에 들어갔겠지만 이날만큼은 정시에 맞춰 들어가고 싶었다. 아무도 없는 곳에서 새로운 사람을 맞이하는 것보다 한꺼번에 사람들에게 인사하는 편이 아무래도 덜 쑥스러울 것 같았다.

약속 장소는 강남의 한 스터디 카페였다. 나는 정해진 룸 앞에 도착해 긴장된 마음으로 문을 조용히 열었다. 생각보다 작은 규모의 방 안에 회원 다섯 명이 앉아 있었다. 내가 방에 들어가 인사하자 모두들 반갑게 맞이해주었다.

"안녕하세요. 저는…."

"**님이시죠?"

"네, 맞습니다. 처음 뵙겠습니다. 잘 부탁드립니다."

먼저 와 있던 사람들은 대부분 나보다 나이가 많아 보였고, 서로 구면인 듯했다. 짧은 자기소개 후 미리 준비된 토론 논제에 따라 이런저런 얘기를 나누려던 차에 한 여성이 들어왔다.

"늦어서 죄송합니다."

높은 톤의 차가운 보이스.

"어, 왔어?"

방 안의 누군가가 그녀를 반갑게 맞이했다. 마스크를 쓰고 있어 정확한 얼굴과 표정을 확인할 수 없었지만 상당히 젊어 보였다. 그녀는 비어 있던 내 옆자리로 다가왔다.

그녀가 의자를 끌어당기며 앉자 좋은 향기가 풍겨왔다. 곧이어 남성 한 명이 더 들어온 후 본격적인 모임이 시작됐다.

나는 어렸을 때부터 책을 무척 좋아했다. 중학교 입학 선물로 누나가 사준 김용 작가의 《소설 영웅문》을 시작으로 무협과 장르 소설에 빠져 학창 시절을 보냈다. 고등학생 때는 (지금은 없어진) 도서 대여점에 더 이상 읽을 책이 남아 있지 않을 정도로 열심히 책을 읽었다. 20, 30대 때도 마찬가지였고, 전자책과 웹소설이 주류가 된 지금도 읽기를 놓지 않고 있다. 물론 '재밌다'와 '재미없다'만 남발하는 수준 낮은 독자에 불과하지만.

독서 토론이 끝날 무렵 나의 자신감 게이지는 바닥을 치고 있었다. 모임 회원들의 수준 높은 토론 매너와 관련 지식에 나는 연신 고개만 끄덕였다. 이혼 후 건설적인 시간 소비 계획에 목말라하던 참이었는데 이 모임에 참석하길 잘했다는 생각이 들었다.

구성원들과 친해지기 위해 뒤풀이를 겸한 2차 식사 자리에도 참여했다. 사람들은 삼겹살을 굽고 맥주잔을 부딪치며 코로나로 멈춰버린 오프라인 모임에 대한 아쉬움을 토로했다. 코로나 전에는 모임이 무척 활발했다며, 이제 팬데믹이 끝나가니 다시 많은 사람들이 모일 거라고 희망을 담아 말했다.

나는 이혼 커뮤니티의 초심자라 많은 것이 궁금했다. 이혼한 지 얼마나 됐는지, 어떻게 여기에 가입했는지, 주변 지인들의 반응은 어땠는지, 쪽지나 일대일 채팅이 자주 오는지, 그리고 새 연인은 생겼는지.

궁금한 것을 두서없이 생각나는 대로 물어보았음에도 다들 성의 있게 대답해주었다. 모두 친절하고 좋은 사람들이었다. 나를 무례하다고 생각했을지도 모르지만, 구성원 모두 같은 처지라는 생각에 나는 쓸데없는 경계심을 풀고 편하게 어울렸다.

내가 앉은 테이블에는 남성 셋이 있었다. 제일 연장자인 분이 이런저런 조언을 많이 해주었는데 특히 이성에 관한 얘기를 할 때 경험과 자신감이 넘쳐 보였다.

"**님, 열심히 카페 생활하시면 저처럼 끊.임.없.이 이성을 만날 수 있어요. 파이팅하세요."

속으로는 그게 사실일까 강한 의구심이 들었지만 감사하다는 말과 함께 웃음으로 넘겼다. 이런 허세가 의외의 안도감을 안겨주었다. 무해하다는 느낌과 함께 어디든 사람 사는 곳은 다 비슷하구나 싶은 생각이 들며, 이 모임을 더 가까이에서 경험해보고 싶어졌다.

가입한 온라인 커뮤니티에서는 수많은 이야기가 오갔다. 끊임없이 새로운 이야기가 생산되었고 나날이 중독성 강한 콘텐츠가 재창조되었다. 근무 시간, 휴게 시간, 심지어 볼일을 보는 시간에도 나는 그 안에 매몰되었다. 나와 같은 처지의 사람들이 작은 도시를 이룰 정도로 모여 있다는 게 신기했고, 그 안에서 벌어지는 서사가 궁금했다. 이들에게는 저마다 아픔과 사연이 있었는데, 그중 상당수가 이혼이라는 공통분모를 가지고 있었다.

모든 이야기가 아름다운 것은 아니었다. 오히려 분노와 아픔이 엉킨 슬픈 경험도 많았는데, 그걸 극복해가는 과정이 큰 울림으로 다가오기도 했다. 누군가 들려주는 가슴 아픈 이야기에는 어설픈 위로나 안타까움 따위의 댓글을 남기지 않았다. 그 슬픔은 온전히 당사자만 알 수 있는 것이기에 글을 읽으며 고개를 끄덕일 뿐이었다.

시간이 지나면서 커뮤니티는 내 삶에서 점점 큰 비중을 차지하게 되었다. 이곳에서는 이혼에 대해 설명하거나 변명하지 않아도 된다는 것이 좀 더 자연스럽고 진실된 나를 드러낼 수 있게 만들었다.

늦은 봄, 본격적인 더위가 찾아오기 전이었다. 카페 회원 한 명이 나를 영화 모임에 초대했다. 구성원들과 친해지고 싶었던 나는 당연히 그 초대에 응했다.

약속한 날이 되자 아침부터 마음이 설레었다. 오늘은 또 어떤 이들과 친해질까. 기대와 함께 상쾌한 기분이 들었다. 영화관에 가는 것 자체가 워낙 오랜만이라 그것만으로도 스트레스가 풀리는 것 같았다.

모임 장소는 서울 월드컵경기장 근처의 대형 영화관이었다. 나는 버스를 타고 목적지 근방에서 내린 후 주변을 한가롭게 걸었다. 경기장 근처에서 대규모 행사가 열리는지 많은 사람들이 분주하게 돌아다녀 곳곳에 열기가 느껴졌다.

사람들이 북적이며 만들어내는 분주함 속에서 여유로움을 느끼는 것이 얼마 만인가. 여유 없이 몰아치던 결혼 생활을 잠시 소심한 마음으로 자책했지만 이내 고개를 저었다. 이미 지난 일이었다. 나는 약속 장소로 발걸음을 옮겼다.

이번 모임에도 첫 번째로 도착했다. 시계를 보니 약속 시간까지 30분이나 남아 있었다. 나는 그늘에 털썩 주저앉아 휴대폰에 뜬 메시지를 확인하며 시간을 보냈다. 15분 정도 지나니 일행으로 짐작되는 여성들이 멀리서 걸어왔다. 나는 자리에서 일어나 바지를 털고 그쪽으로 갔다.

"안녕하세요."

그중 한 명이 먼저 알은체를 했다. 지난번 독서 모임에서 만난 옆자리 여성이라는 것을 알고는 나도 반갑게 인사를 건넸다. 원래 주최자는 다른 사람인데 개인 사정으로 참석하지 못해 그분이 대신 오늘 모임을 진행한다고 했다. 우리는 근처 카페로 이동해 아직 도착하지 않은 이들을 기다리기로 했다.

"사람들 올 때까지 여기서 기다리죠."

"넵."

"자리 때문에 두 관으로 나누어 예약했으니 저랑 **님은 저쪽 관에서 관람해요."

"넵."

"영화 끝나면 이 카페 앞 로비에서 만나고요."

"넵."

"그리고⋯."

"네엡."

나는 커뮤니티의 햇병아리답게 조직의 규칙을 잘 지키는 모범생 전략을 썼는데, 그런 새내기의 가면은 내게 뜻밖의 도파민을 선사했다. 마치 게임을 처음 시작하는 레벨 1이 느끼는 기대감과 비슷했다.

열 명 남짓한 인원이 함께 영화 관람을 마친 후 예약된 호프집으로 갔다. 영화관과 호프집은 제법 거리가 있어 15분가량을 걸어야 했다. 도착한 호프집은 도시 속 조용한 주막 같은 느낌이었다. 우리는 편안한 분위기에서 음식과 맥주를 먹으며 도란도란 얘기를 나누기 시작했다. 그리고 시간이 지나며 한 명, 두 명 자리를 떠났다.

마지막까지 남은 것은 남자 둘, 여자 둘이었다.

나를 제외한 세 명은 얼큰하게 취해 집에 갈 생각이 없는 듯 다음 장소를 물색했다. 당시 코로나로 인해 늦게까지 영업하는 가게가 없었는데 왠지 홍대 근처에는 아침까지 영업하는 곳이 있을 거라는 근거 없는 추측에 의지해 우리는 구글 지도를 따라 무작정 지하철 홍대입구역 쪽으로 걸었다. 대략 4킬로미터 되는 거리였다.

한 시간쯤 걸었을까. 새벽 공기를 느끼며 사람도 차도 다니지 않는 한적한 거리에서 이런저런 이야기를 나누고 있는데, 다른 이와 대화 중이던 그녀가 내게 고개를 돌리며 말했다.

"오빠는 어떻게 생각해요?"

갑작스러운 물음에 나는 시선을 돌려 그녀를 쳐다봤다. 질문은 머릿속에 들어오지 않았고, 시간이 느리게 가는 듯한 착각마저 들었다. 뭐라 표현하기 어려운 느낌이었다.

오빠라니?

우리는 온라인에 정해둔 별도의 이름으로 서로를 부르고 있었다. 그런데 느닷없이 나온 '오빠'란 단어에 그동안 유지되어오던 약간의 어색했던 관계가 순식간에 달라지는 느낌이 들었다. 전기에 감전된 듯 놀라우면서도 유쾌한 기분이었다. 온라인의 여자 사람에서 현실의 그녀가 되는 순간이었달까? 고요한 호수에 물 한 방울이 떨어지듯 작은 파동이 몸 안에서 퍼져나갔다. 나는 지금껏 무미건조하게 이어지던 대화에 집중하기 시작했고, 술 냄새는 페로몬 향기가 되어 다가왔다.

"네. 저는….”

카페 내에서도 학벌, 직업 등에 따라 알게 모르게 계급이 나뉘며 돌싱 시장도 구분된다고 했던 거 같은데.

당신처럼,

예쁘면 됩니다.

나는 이 말을 속으로만 내뱉었다.

말끝을 얼버무리며 고개를 다시 정면으로 돌렸지만 그때부터 내 온 신경은 그녀에게 가 있었다. 마침 홍대입구역 근처에 새벽 5시까지 영업하는 가게가 있었고, 우리는 그곳에서 길었던 일정을 마무리했다. 모두 피곤함에 절어 있었지만 나는 그렇지 않았다. 오늘의 만남이 내게 큰 변화를 일으킬 거라는, 설명할 수 없는 묘한 흥분에 휩싸여 있었기 때문이다. 우리는 밝아오는 햇살에 몸을 피하는 흡혈귀 무리처럼 지친 몸을 이끌고 헤어졌다. 집에 도착한 나는 심쿵한 순간이 가슴에 남아 한동안 잠들지 못했다.

시간이 흐르면서 나는 자연스럽게 돌싱 카페에 스며들었다. 처음에는 어색했던 게시글 쓰기도 꾸준히 하고, 다른 이의 글에 댓글도 달며 커뮤니티의 능숙한 일원이 되고자 노력했다. 한 달에 한 번 있는 독서 모임에도 빠지지 않았다.

그날 이후 그녀의 소식이 궁금했지만 알 방법이 없었다. 내가 먼저 연락해도 괜찮은 정도의 신뢰감은 형성되기 전이라 용기가 나질 않았다. 이곳은 내가 주인공이 아닌 곳, 아직은 낯선 세계였다. 그렇게 나는 새로운 세계에서 새로운 사람들과 새로운 시간을 쌓아가며 몸과 마음을 회복해가고 있었다.

그 몇 달이 지났을 때였다.

—통화 가능하세요?

메시지가 왔다. 기다리던 그녀에게서. 그것은 우리가 사적으로 주고받은 최초의 연락이었다.

나는 약간 긴장한 채 그녀의 휴대폰 번호를 눌렀다. 전화기 너머로 들려오는 그녀의 음성은 내가 기억하는 것보다 조금 감정적이었다. 그녀는 그간의 안부를 짧게 묻더니 개인적인 고민을 털어놓았다. 살짝 취한 혀끝에서 나온 말들을 전부 알아들을 수는 없었다. 그녀가 누군가와의 갈등을 한 시간가량 설명했지만, 전후 사정이 이해되지 않았던 나는 그냥 알아듣는 척만 할 뿐이었다.

“…정말 이해가 안 되지 않아요? 그게 뭐라고 나한테 이렇게….”

한참 동안 괴로움을 토해낸 뒤 어느 정도 기분이 풀렸는지 그녀의 목소리가 평온해졌다.

“휴, 얘기 들어줘서 고마워요.”

그렇게 그녀와의 첫 번째 통화가 끝났다. 이 일을 계기로 나는 그녀에게 연락해도 되겠다는 작은 용기를 갖게 되었다. 통화를 했다는 걸 연락해도 좋다는 암묵적 의미로 받아들였다. 며칠 후 나는 소심한 거짓말로 그녀와의 만남을 계획했다.

"저예요. 사시는 곳 근처 장례식장에 갈 일이 있는데 시간 되면 커피 한잔할래요?"

그녀는 흔쾌히 좋다고 했고, 나는 들뜬 마음으로 약속 장소로 나갔다. 그날 입은 옷이 검은색이라 혹시나 하는 마음으로 그런 구실을 댄 것이었는데 이렇게 만남이 성사되다니.

우리는 그녀의 집 근처 스타벅스에서 만나기로 했다. 먼저 도착해 2층에서 기다리고 있는데 잠시 후 그녀가 계단을 올라왔다.

"여기!"

나는 손을 번쩍 들어 그녀를 맞이했다. 그녀가 긴 머리를 쓸어 넘기며 걸어와 핸드백을 자리에 놓더니 선 채로 말했다.

"여기까지 오셨는데 제가 살게요."

그러더니 내 대답은 듣지도 않고 쿨하게 다시 등을 돌려 아래층으로 내려갔다 잠시 후 돌아왔다. 나는 테이블 앞에 앉은 그녀의 얼굴을 조심스레 바라봤다. 처음 봤을 때처럼 내내 차가운 표정. 말조심을 해야겠다는 생각이 절로 들 정도로 그녀의 무표정한 얼굴은 꽤나 무서웠다.

"요새 왜 독서 모임에 안 나오세요?"

딱히 그녀에 대해 알지 못해 질문할 거리가 별로 없었다.

"바.빠.서.요."

더 이상 부연 설명은 안 하겠다는 단호한 억양이었다. 나는 무슨 말을 더 해야 할지 몰라 연신 커피만 들이켰다. 잠시 침묵이 흘렀고, 그녀는 좀 지루했는지 꼰 다리를 바꿔가며 자세를 고쳐 앉았다. 우리 테이블은 나란히 앉아 카페 한쪽 유리창을 보게 배치되어 있었는데, 그때까지도 서로를 똑바로 쳐다보지 못하고 비스듬히 바라봤다. 카페 커뮤니티에 올린 정보나 개인적인 질문을 자제하다 보니 대화는 건조하게 흘러갔다. 결국 우리는 지루한 잡담만 나누다가 헤어졌다.

나는 집에 잘 들어왔다는 메시지를 남긴 후 그녀와 같이 있었던 시간을 곰곰이 되짚어보았다. 아무래도 나에게 이성적인 호감은 없는 것 같았다. 그래도 좀 더 확인해보고 싶었다. 그날 새벽에 느낀 설렘이 너무나 강렬했기에.

머칠 후 그녀에게 같이 영화를 보자고 제안했고, 우리는 다시 만났다. 온갖 잡생각에 영화가 눈에 들어오지 않았다. 그냥 난 오늘 중에는 서로의 감정을 진전시킬 수 있는지 확인하고 싶을 뿐이었다. 몇 번의 곁눈질로 그녀의 표정을 살폈지만 마스크 때문에 진한 갈색 눈동자만 보일 뿐 속마음은 도무지 짐작할 길이 없었다.

영화를 보고 난 후 그녀의 제안으로 삼겹살집에 갔다. 서툰 솜씨이지만 열심히 삼겹살을 뒤집으며 대화를 이어가는데 고기 굽는 내 모습을 가만히 지켜보던 그녀가 말했다.

"고기 구워본 적 없어요?"

고기를 구울 때마다 욕을 먹거나 집게를 뺏겼던 과거가 떠올랐다. 나는 부끄러운 마음에, 어느덧 대신 구워줄 사람이 주변에 많아지는 나이와 위치가 되어 기회가 없었다는 등 횡설수설 변명만 늘어놓았다.

"제가 고기 굽는 것 빼곤 다 잘합니다."

"됐고, 집게 주세요."

영화 〈타짜〉의 대사가 떠올랐다. 싸늘하다. 가슴에 비수가 날아와 꽂힌다.

불편한 식사를 마친 후 헤어지는 길, 그녀가 지하철역 앞까지 배웅했다. 역까지 그리 멀지 않은 거리를 걷는 동안 꽤 긴 정적이 흘렀다. 나는 그녀의 하이힐이 무척 불편해 보인다는 생각을 하며 옆모습을 쳐다봤다. 큰 키와 비율 좋은 몸매가 주위의 시선을 끌고 있었다. 그래서 이렇게 도도한가.

나에게 별 호감을 느끼지 못한다는 증거를 찾고 싶었다. 역

입구에 도착했을 때 또 만나자는 말을 할까 말까 잠시 망설였
다. 매달리고 싶은 생각은 없었기 때문이다.

"음, 오늘… 즐거웠습니다."

우물쭈물하다 타이밍을 놓쳐 이렇게 말을 하고는 등을 돌렸
다. 그때 그녀가 머뭇거리다가 조심스레 한마디를 내뱉었다.

"오빠, 잘 가요."

생각지 않은 마법의 단어에 나도 모르게 고개를 돌릴 뻔했
다. 그놈의 오빠가 뭐라고. 그리고 하마터면 물을 뻔했다. 우
리가 남녀 관계로 발전할 가능성이 있냐고. 하지만 그때까지
의 경험이 말렸다. 아직은 때가 아니라고.

집으로 돌아오는 길은 왠지 쓸쓸했다. 이혼한 지 얼마나 됐
다고 이런 걸로 고민하는 걸까. 시간 낭비라는 생각마저 들었
다. 이쯤에서 그녀에게 다가가는 걸 그만두고 싶어졌다. 사실
그녀가 그동안 내게 털어놨던 건 남자들과의 문제였는데 굳
이 내 마음을 드러내면서 상담자 역할까지 잃고 싶지 않았다.

지하철에서 내려 집으로 가는데 오랫동안 익숙하게 걷던
길이 보였다. 잠시 후 동네 대형마트가 있는 진입로에 다다랐
다. 항상 '그쯤'에서 아내에게 전화를 걸었고 같은 말을 했었

다. 그건 나를 따뜻하고 편안한 보금자리로 이끄는 말이었고, 아내를 아끼는 마음이 담긴 말이었다. 그리고 지금 행복한지 묻는 말이었다.

"여보, 퇴근하는 길인데 뭐 사 갈까?"

아내는 항상 쓸데없이 돈 쓰지 말라며 같은 대답을 했지만, 그 통화는 우리의 관계를 확인하고 아물게 하는 질문인 동시에 다짐이었다. 그 길을 따라 걸으니 아내와 통화하던 행복한 기억이 떠올랐다. 하지만 이제 나를 기다리고 있는 것은 텅 빈, 단란한 가족이 없는, 물질적 가치만 존재하는 집 자체였다. 터벅터벅 집으로 향하는 내 모습이 처량하게 느껴졌다. 과거와 현재가 뒤엉킨 순간, 스스로가 너무 한심해 보여 나도 모르게 푸념 비슷한 것이 새어나왔다.

"휴, 이게 뭐 하는 짓이람."

그 후 나는 혼자만의 썸을 끝내고 일상으로 돌아왔다. 이후에도 그녀는 모임에 나타나지 않았고, 내가 할 수 있는 일은 다른 지인을 통해 그녀의 안부를 묻는 것 정도였다. 가끔 등장하는 커뮤니티 속 글과 댓글로 그녀가 살아 있음을 확인하면서.

한편 시간이 지나면서 나는 온라인 카페 사람들과 많이 가까워졌다. 친한 사람들이 늘어갔고, 그들과 공유하는 시간이 삶의 새로운 활력소가 되었다. 가끔 혼자된 이들끼리 사랑하고 또 헤어지기를 반복하는 것을 보며 응원을 하기도 위로를 건네기도 했다. 그렇게 혼자 사는 삶도 꽤 괜찮다고 느낄 무렵 또 다른 '썸'이 찾아왔다.

－만나요.

대담하게 만남을 청하는 '일챗'이 왔다. 일챗은 온라인 카페에서 회원 간 채팅을 하는 것을 말한다. 그리고 이렇게 추진되는 만남을 카페 회원들은 '일벙'이라고 불렀다. 나는 카페 가입 후 독서 모임 회원을 제외하고는 따로 사람을 만난 적이 없었다. 이번에 만남을 신청한 회원은 온라인 흔적이 따로 없어 정체를 알 수 없었고, 내가 아는 거라곤 그 사람이 보내준 성별과 출생 연도, 사는 지역 정도였다.

최소한 어떤 사람인지, 대략 어떻게 생겼는지는 알고 싶었다. 서로에 대한 괜한 실망과 시간 낭비는 피하고 싶었기 때문이다. 염치없게도 나의 부족함은 고려 대상이 아니었다. 만남에 대한 즉답을 피한 채 일챗을 몇 번 주고받다 보니 친분을 맺어도 괜찮다는 생각이 들었다. 어느 날 조심스레 물었다.

―혹시 실례가 안 된다면 카톡으로 대화를 해도 될까요?

카톡을 공개할 정도면 최소한 사기꾼은 아닐 거라는 판단이 들었다.

―그럼요!

어쩌면 무례할 수 있는 요청에 흔쾌히 알았다고 대답하는 그녀. 그렇게 우리는 카톡 친구로 서로를 등록하고 대화를 이어갔다. 그녀는 생각보다 고단수였다. 대화를 이어가면서 나의 망설임을 눈치 챈 듯 이렇게 말했다.

―키는 170이고, 이 사진이 최근 모습이에요. 어디서 외모가 못났다는 소리는 안 들어요.

―헛, 제가 못났는데 그걸 걱정한 건 아니고요. 제가 이런 상황은 처음이라….

정곡을 찔린 나는 변명을 늘어놓았고, 메신저로 전송된 사진을 뚫어져라 쳐다봤다. 잘못 봤나 싶어 다시 한 번 확대해서 보기도 했다.

이런 미친! 이렇게! 미인이라고!?

정말 말도 안 되게 예뻤다. 연예인 뺨치는 비율과 귀여운 얼굴은 잠시라도 내가 고민을 했다는 게 원망스러울 정도였다.

그리고 잇따라 도착한 다른 사진들.

─다 제 사진이에요.

─너무 예쁘신데요. 인기도 많으실 거 같은데 왜 저에게…?

이제는 궁금증의 내용이 바뀌었다. 왜 이런 미인이 나에게 적극적인지 이해가 되지 않았다. 하지만 그녀는 그럴 줄 알았다는 듯 능숙하게 말을 이어받았다.

─온라인에 사진을 공개하면 너무 이상한 사람들에게 시달려서요. 쓰신 글을 보고 괜찮은 분이라고 생각돼서 연락드렸어요.

그 말을 곧이곧대로 믿었다. 그럴 수밖에 없는 게, 저런 외모라면 너도나도 쪽지를 보내며 만나자고 할 것 같았다. 순간 내 태도는 기어 바뀌듯 변했고, 그녀를 대하는 마음은 열정으로 넘쳤다. 그것은 곧 내가 보내는 메시지의 횟수와 양으로 드러났다.

─정말 현명하시네요. 저는 한번 정하면 변하지 않는 일편단심의 의지, 바다 같은 마음과 선량한 심장을 지닌 대한민국 남자로서….

대화가 계속될수록 나의 기대와 호감은 커져만 갔다. 그래서 잘 나왔다고 생각되는 내 사진을 서둘러 몇 장 찾아 카톡으로 보냈다. 누가 봐도 볼에 바람 집어넣은 아저씨 사진 몇 장을. 그녀는 나의 못난 사진에 전혀 개의치 않았다. 자신감을 얻은 나는 망설이지 않고 전진했다.

─그럼 오늘 한번 볼래요?

─훗, 그래요. 다만 오늘은 근무 복장임을 이해해주세요.

왠지 오늘 봐야 직성이 풀릴 것 같았다. 벼락치기 만남이 주는 짜릿함에 내 마음은 '버디버디'를 하던 20대로 돌아간 것 같았다.

나는 퇴근 전까지 그녀와의 만남을 상상하느라 업무에 집중하지 못하고 흡연실만 들락거렸다. 어떤 사람일까. 40대의 나이에 어쩜 이리 고울까. 이혼한 지 얼마 안 되었는데 이런 감정을 갖는 것은 괜찮은 걸까. 나는 별의별 상상과 망상으로 드라마를 쓰며 시간을 보내다 퇴근 시간이 되자 후다닥 짐을 챙겨 회사를 나섰다.

약속 장소에 도착했지만 그녀는 보이지 않았다. 나는 그녀와 같이 음료를 주문할 생각에 자리에 앉아 기다렸다. 10분 정도 지났을 무렵 휴대폰 알림이 울렸다.

─저 도착했어요.

들뜨고 반가운 마음에 고개를 들어 주변을 살폈다. 그러나 아무리 둘러봐도 그녀는 보이지 않았다.

―저는 보이는데.

그녀의 두 번째 카톡 알림.

내가 모르는 다른 층이 있나 주변을 돌아봤지만 단층 카페였다. 분주하게 여기저기를 둘러보다 누군가 나를 보는 시선을 느꼈다. 순간 시간이 멈춘 듯 느리게 흘렀다. 아니 느낌이 그랬다. 사실과 정보의 불일치로 혼란이 찾아왔기 때문이다. 계속 눈을 깜빡여보았지만… 사진과는 다른 여자가 나를 보며 웃고 있었다.

"안녕하세요. 반가워요."

마음은 실망으로 가득 찼지만 여태 살아온 대로, 예의 바른 표정과 매너로 그녀를 맞이했다. '국민학교' 시절 바른생활 과목을 배운 사람이라면 누구나 그러지 않을까.

하지만 얼마 지나지 않아 알 수 있었다. 그녀는 밝은 성격과 좋은 매너, 그리고 적당한 유머를 갖춘 꽤 괜찮은 사람이었다. 실망했던 외모도 계속 보니 사진과 비슷해 보였다. 아마 사진은 당시 유행했던 어플로 보정한 것이겠지. 받은 사진에 대여섯 살 정도 더하면 지금 모습과 비슷하겠다고 생각했다.

우리는 커피를 먼저 마신 뒤 식사를 했고, 드디어 헤어질 시간이 되었다. 그녀는 나의 대답을 원했다. Go냐, Stop이냐를 묻는 것 같았다.

난감했지만 확실히 해야겠지. 나는 거기까지였다. 지인으로 좋은 사람. 미묘한 실망감이 계속 뇌리에 남아 연인으로 발전하기는 어려울 것 같았다.

"당신은 좋은 분이에요. 다만, 저는 아직 누군가를 사귈 생각이 없습니다. 미안합니다."

단호하게 말했지만 그녀는 쉽게 수긍하지 않았다.

"그냥 만나보는 건 괜찮잖아요? 좋은 사람이라면서요. 다시 한 번만 생각해봐요."

그녀는 끝까지 물러서지 않았다. 사실 그녀의 말이 틀린 것은 아니었다. 어차피 만나는 사람은 없고 시간은 흐르니까.

그녀가 슬픈 눈으로 다시 말했다.

"…우리 몇 번만 만나봐요. 생각이 바뀔 수도 있잖아요."

나는 그녀의 눈을 똑바로 바라보지 못했고, 그녀는 계속해서 설득했다. 이런 상황은 나이에 관계없이 어색하고 난처하다. 그저 서둘러 자리를 피하고 싶은 마음뿐이었다.

"그럼, 그냥 알고 지내요. 너무 서두르지 말고."

내 주제에 이런 말을 할 줄이야. 결국 애매한 여지를 남기고 그날 우리는 헤어졌다.

시작은 불편했지만 우리는 꽤 가까워졌다. 몇 주가 지나면서 수시로 연락했고 말을 놓는 사이가 되었다. 그사이 몇 번 만나 식사도 했다.

나는 그녀가 원하는 것을 잘 알고 있었다. 하지만 첫 만남에서 느낀 괴리감은 쉽사리 해소되지 않았다. 이런 경우 대체로 끝이 좋지 않다는 걸 경험으로 알고 있었다. 그래서 더는 진전되지 않는 마음을 분명하게 전달하기로 결심했다. 처음 의도와 달리 그냥 아는 사이로는 만족 못 하는 그녀에게.

인생은 알 수 없는 우연의 반복이다. 당장 한 시간 후에 일어날 일을 알 수 없고, 그것에 대항할 수 없는 것이 세상의 이치다. 다만 살면서 체득한 경험과 지식을 바탕으로 가까운 미래를 현명하게 예측하고 긍정적인 상황으로 만드는 것이 현재 내가 할 수 있는 최선일 것이다.

나는 이혼을 겪고 힘든 시간을 보내면서도 미래에 실현 가능한, 준비된 행복을 맞이하려면 지금 무엇을 해야 할까를 끊임없이 고민했다. 혹자는 늦었다고 할지도 모르는 중년의 나이에 수능을 앞둔 수험생처럼 매일매일 준비하고 마음을 다 잡았다. 남은 인생에 대한 행복을 설계하기 위해. 그날의 서러움을 다시 느끼지 않기 위해.

주말이 왔다. 그날도 늘 하던 대로 한가로이 집안 정리를 끝내고 샤워를 했다. 오랜 시간 따뜻한 물줄기에 몸을 녹이고 나오니 부재중 전화가 와 있었다. 그리고 남겨진 메시지 한 통.

—시간 되시면 커피 한잔해요. 제가 갈게요.

몇 달 동안 보지 못했던, 온라인 카페 생활에서 내 마음을 흔들어놓았던 그녀였다. 이 메시지를 한참 쳐다봤다. 이 여자의 연락을 기다리고 있었나. 마음속으로 생각해보고 또 고민해보았다.

—네. 좋습니다.

답장을 보내고 주섬주섬 옷을 입었다. 옷매무새를 정비하고 전신 거울 앞에 섰다. 그런데 혼란한 마음과 달리 내 얼굴이 활짝 웃고 있었다.

약속 장소 근처 벤치에 앉아 그녀가 오길 기다렸다. 그리고 속으로 다시 질문했다.

지난 몇 달 동안 그녀를 기다리고 있었나?

오늘따라 유독 누군가를 기다리는 남녀가 많이 보였다. 왠지 연인이 오길 기다리는 것 같았다. 그걸 어떻게 아느냐고? 나랑 표정이 비슷했으니까.

미묘한 긴장, 떨림, 그리고 기대감. 한참을 기다렸지만 전혀 지루하지 않았다. 여태껏 살아오며 몸에 밴 직관이 말했다. 지금은 매우 중요한 인생의 타이밍이라고.

그때였다. 지하철 출구 계단을 걸어 올라오는 그녀의 실루엣이 보이기 시작했다. 그녀의 상반신이 다 보일 즈음 나는 벤치에서 일어났다. 순간 따뜻하고 포근한 공기가 나를 감쌌다. 나도 모르게 혼잣말을 중얼거렸다.

"기분 좋은 바람이다."

사람의 직관이 초능력으로 느껴질 만큼 정확히 들어맞을 때가 있다. 실상은 살아오며 축적된 경험과 간접적으로 얻어진 지식을 기반으로 형성된 통계의 결과치이지만.

오랜만에 본 그녀는 아름다웠다. 긴 웨이브 머리에 작은 얼굴, 그리고 동양인에게서 찾아보기 힘든 긴 팔다리가 돋보이는 훤칠한 몸매. 나는 미소를 지으며 그녀에게 다가갔다.

그러고는 나도 모르게 '안녕하세요'가 아니라 '어서 와요'

라고 말했다. 그녀는 약간 긴장한 눈빛으로 주변을 둘러보다 살짝 고개 숙여 인사했다. 순간, 그 모습이 낯선 동네에서 길을 잃은 새끼 고양이가 자신의 집사를 선택하기 위해 두리번거리는 모습 같다고 느꼈다.

"식사 안 했죠? 근처에 맛집이 있는데 거기로 가요."

나는 미리 생각해둔 음식점으로 그녀를 안내했다. 걷는 동안 무수한 잡념이 떠올랐지만 이내 그녀의 발걸음에만 집중했다. 그녀와 보폭을 맞춰 걸으려는 내 모습에 살짝 놀랐을 정도였다.

우리가 간 음식점은 유명한 맛집이라 대기하는 커플이 몇 있었다.

"맛집이라 늘 사람이 많아요. 잠시 기다려도 괜찮죠?"

그녀는 말없이 고개를 끄덕였다. 나는 대기자 명단에 이름과 연락처를 적어놓고, 먼저 와서 기다리고 있는 사람들 뒤에 섰다. 그녀의 모습이 꼭 긴장한 유미 같았다. 항상 표정이 차갑고 말이 없는 그녀였는데 지금은 왠지 모르게 보호해주고 싶다는 생각이 들었다. 그리고 깨달았다. 연인이 되려면 이런 감정이 필요하다는 것을.

잠시 후 식당에 들어간 우리는 직원이 안내해준 자리에 앉아 음식을 주문했다.

"근데 오늘 무슨 일로?"

"저기…."

둘이 동시에 말을 꺼내면서 살짝 민망한 상황이 연출되었다. 내가 말했다.

"먼저 말씀하세요."

그녀가 마스크를 벗더니 내가 잘 모르고 관심도 없는 온라인 카페 사람들의 얘기를 들려주었다. 그녀의 말이 귀에 잘 들어오지 않았다. 그녀에게 말하고 싶었다.

'진짜 하고 싶은 얘기는 이게 아니잖아요.'

우리는 식사를 마친 후 근처 카페로 자리를 옮겼다. 그곳에서도 잡담을 하며 시간을 보내던 중 잠시 정적이 흘렀다. 갑자기 그녀가 비장한 표정으로 자세를 고쳐 앉더니 조심스럽게 입을 떼었다.

"지금 제가 다소 충동적일 수 있는데…."

나는 침을 꿀꺽 삼켰다.

'드디어!'

그녀는 잠시 망설이다 앞에 놓인 커피를 한 모금 마시고 말을 이었다.

"혹시… 지금 만나거나 썸 타는 여성이 있으신가요?"

이 말을 듣고 나서야 조금씩 긴장의 끈이 풀리기 시작했다. 내가 아주 말도 안 되는 망상을 품은 건 아니구나 싶은 마음에. 내 표정을 어떻게 이해한 건지, 그녀는 다급하게 손짓을 섞어가며 덧붙였다.

"아, 오해하지 마세요. 이렇게 물어보는 것은 혹시나 제가 시간 뺏는 건가 하는 미안함을 느끼고 싶지 않아서이기도 하고…."

"하고?"

나는 약간 장난기를 담아 되물었지만, 그 이상은 묻지 않았다. 그리고 잠시 여유를 두었다가 현재 상황을 최대한 솔직하게 말했다.

"사귀는 사람은 없어요. 다만 얼마 전부터 쪽지로 연락하다 알게 된 분이 있는데 그게 썸이라면 썸일 수도 있겠네요."

사실 이조차도 사족일 수 있었다. 다만 중요한 타이밍이라고 느껴지는 순간인 만큼 조그만 흠도, 거짓도, 오해도 없길 바랐다. 그 말을 들은 그녀는 몇 초간 내 눈을 똑바로 응시했다. 마치 진실을 판별하려는 판사의 눈빛 같았다.

"그럼…."

잠시 뜸을 들인 뒤 그녀가 나직한 목소리로 얘기했다.

"지금 썸 타는 여자 정리하고 연락 주세요. 기다리고 있을게요."

정리하고 연락을 달라니.
정리하고 연락을 달라니…?
정리하고 연락을 달라니…!

나는 머릿속이 하얘져서 무슨 말을 해야 할지 몰랐다. 예상은 했지만 이렇게 당당하고 거침없는 태도라니. 심지어 자기가 까일 거란 일말의 의심도 없이.

제길, 존나 멋있잖아.

스스로 철이 들었다고 생각한 언젠가부터 (그게 언제인지는 정확히 모르겠지만) 나는 지극히 평범한 삶을 살게 될 거라고 짐작했다. 조금 더 욕심을 부려봐야 대한민국 평균치보다 아주 조금 더 괜찮은 정도의 삶. 딱 그 정도가 내가 그릴 수 있는 미래의 전부였다.

실제로 이혼 전까지 삶은 그 예상 궤도에서 크게 벗어나지 않았다. 남들처럼 학교를 다니고, 직장을 구하고, 가정을 꾸리며 지독하리만치 평범함을 벗어나지 않았다. 당연히 불만도 없었다. 어떤 이들처럼 치열하게 살지 않은 삶의 결과였고, 평범함이란 때로 그 자체로 충분한 안도였으니까.

하지만 인생의 중턱에 접어들었을 때 '이혼'이라는 예기치 못한 복병을 만났다. 순식간에 나의 삶은 생각지 못한 궤도로 튕겨 나갔다. 이것이 불행이나 비정상을 의미하는 것은 아니라고 스스로를 다독였지만, 앞으로의 삶이 순탄치 않을까 봐 두렵고 불안했다.

가정을 이룬 후 집 밖의 일에 집중하고 무언가를 성취해내면 더 행복해질 거라고, 더 안정될 거라고 믿었다. 하지만 돌이켜보니 그 모든 노력은 오로지 나 자신의 만족을 위한 것이었다. 결혼이란 배우자의 시간과 감정까지도 일정 부분 책임지겠다는 약속인데, 그걸 배제한 채 돈 좀 더 벌어오고 직장에서 인정받는 것만으로 소홀한 감정의 빈틈을 메울 수 있으리라 착각했다. 그러면서 우리 부부의 간극은 걷잡을 수 없이 벌어졌고, 끝내 봉합할 수 없는 지경에 이르렀다.

나 혼자 한 발자국 먼저 달려 나간다고 해서 행복에 도달할 수 있는 게 아니었는데. 조금 삐걱거리고 부족하더라도 서로를 기다리고 격려하며 발을 맞추어 걷는 것이 훨씬 더 중요했는데. 그 단순한 진실을 깨닫는 데 나는 지난 결혼 생활 전부를 수업료로 치러야 했다.

비단 부부 관계에만 국한된 깨달음은 아닐 것이다. 주변을 꾸준히 살피고 보듬으며 함께 나아가는 태도, 그것이 결국 내가 행복해지는 유일한 길임을 이제야 배운다. 나의 미래란 결국 지금 곁에 남아 있는 사람들의 총합일 테니까.

수십 년을 다르게 살아온 타인을 만나, 서로의 모든 생각과 행동에 동의를 구하는 것은 기적에 가까울 정도로 어려운 일이다. 살아온 환경도, 사소한 습관도, 삶을 대하는 가치관도 다른 두 사람의 동행이다. 같이 수십 년을 손잡고 걸어가야 할 인생의 외길이다. 결국 부부의 삶이란 끝없는 소통 속에서 서로 양보하고 생각과 감정의 '손해'를 기꺼이 감수해야만 비로소 합의점에 도달할 수 있는, 결코 만만치 않은 여정이다.

만약 내가 자존심을 내세우는 일이 적었다면, 어쩌면 지난 결혼 생활은 파국으로 치닫지 않았을지도 모른다. 하지만 그때 나는 손해 보지 않으려 발버둥 쳤고, 결국 아내는 나를 떠났다. 그리고 그 대가로 한동안 인생 전체가 망가진 것 같은 패배감 속에 살아야 했다.

연인이나 배우자에게 양보하고 감정의 손해를 보는 것이 지는 것이 아님을 그때는 몰랐다. 다음을 위해 이기려고 했고, 관계의 우위에 서기 위해 집요하게 굴었다. 인간관계도 마찬가지겠지. 서로의 이해득실을 저울질하지 않고 먼저 내어주는 마음가짐이 오히려 나를 더 풍요롭게 한다는 사실을, 나는 이 아픈 수업료를 치르고서야 명확하게 알게 되었다. 남을 억지로 이해하려 들기보다 있는 그대로 받아들이려 할 때 비로소 내가 더 빛날 수 있다는 사실도.

그리고 내게 기적처럼 새로운 인연이 찾아왔다.

사실 마음속으로는 인생의 황금기가 이미 저물었다고 자조하며 혼자 늙어갈 준비를 차곡차곡 해나가고 있었다. 혼자서 끼니를 해결하기 편한 간소한 식단에 익숙해졌고, 오로지 나만의 동선을 고려해 집 안 가구를 재배치했다. 안방 침대 바로 옆에 PC 책상을 붙여놓고, 눈을 뜨면 컴퓨터를 켜고 졸리면 바로 눕는 지극히 효율적이면서도 나태한 생활에 빠르게 적응해갔다. 설거지할 일이 없어 물기 마른 싱크대는 항상 비어있었고, 집 안의 물건들은 항상 같은 자리에서 먼지만 쌓여갔다. 그렇게 나는 방 하나만을 사용하는 고독한 독거남으로 서서히 변해가고 있었다.

그 적막한 혼자의 삶에 겨우 익숙해질 무렵 연인이 생기면서 나는 또 한 번의 거대한 변화를 맞이했다. 설렘만큼이나 두려움이 앞섰다. 내가 과연 잘해낼 수 있을까. 나는 더 이상 젊지 않고, 활동적인 에너지는 줄어들었으며, 무엇보다 남을 위해 희생하고 참아내는 인내심이 젊은 시절보다 퇴화했다. 그럼에도 한 가지 분명한 것이 있었다. 나를 선택해준 그녀에게 이번만큼은 후회를 남기지 않고 최선을 다하고 싶다는 간절한 열망이었다. 아이러니하게도 그 간절함은 전처에 대한 원망과 미움, 그리고 뼈아픈 반성에서 비롯된 것이었다.

우리는 연인이 된 그날부터 매일 얼굴을 봤고, 특별한 용건이 없어도 잠들기 전까지 통화했다. 가진 것이 없는 내가 그녀에게 줄 수 있는 온전한 한 가지는 바로 '시간'이었다. 나는 소유한 모든 시간을 그녀를 위해 사용했으며, 그녀를 담는 데 의미를 두었다.

그럼에도 그녀의 마음 한구석에는 여전히 불안이 자리 잡고 있었다. 나를 만나기 전까지 10여 년을 혼자 살아오며 보고 들은 험한 세상의 풍문들이 그녀를 방어적으로 만들었으리라 짐작할 뿐이었다. 그녀는 나에 대한 의심의 끈을 쉽게 놓지 못했다. 나름대로 나의 많은 부분을 증명하며 시간을 보냈건만 그녀는 쉽게 의심의 눈초리를 거두지 못했고, 가끔 농담 반 진담 반으로 툭툭 질문을 던졌다.

"오빠, 혹시 폭력 성향 있어?" "오빠! 원래 욕 잘하고 성질 더

러운데 지금 참고 있는 거야?" "어디 숨겨놓은 애 없어?" "혹시 바람 피워서 이혼한 거 아냐?"

뫼비우스의 띠처럼 끝나지 않는 의심과 물음들이었다. 하지만 나는 화가 나기보다 그녀가 안쓰러웠다. 이것이 그녀에게 내재된 깊은 불안감의 표출이라는 것을 알았기 때문이다. 그녀 역시 결혼과 이혼으로 이어진 관계들을 통과하며 수많은 좌절이 겹겹이 쌓였을 것이다. 온라인이라는 익명의 가면 뒤에 숨어 '정상'인 척 연기하는 남자들의 실체에 지독하게 질려버렸는지도 모를 일이다.

그녀에게는 남자를 선택하는 확고한 신념이 하나 있다고 했다. 그것은 대단한 무언가가 아닌, 그저 '정상'인 남자를 만나는 것이었다. 언젠가 그녀가 나를 그 '정상'의 범주에 넣어주는 것에 안도하며 무심코 물은 적이 있다.

"사람들이 대체로 다 정상이지 않아? 비정상인 사람이 훨씬 적을 텐데."

이 말을 듣고 그녀는 혀를 차며 세상 물정 모르는 나의 순진함을 꼬집었다.

"그건 오빠가 몰라서 하는 소리야. 10년이 넘는 나의 돌싱

경력을 무시하지 말라고.”

　처음에는 그 말이 무슨 뜻인지 이해하지 못했다. 하지만 나 역시 돌싱 커뮤니티의 사연들을 접하며 몇 년을 보내고 나니 그녀의 말을 어렴풋이 이해할 수 있었다. 누군가 그랬다. 초혼은 본인이 좋아하는 장점을 가진 사람과 하는 것이고, 재혼은 본인이 싫어하는 단점을 갖지 않은 사람과 하는 것이라고. 그렇다면 여성들이 말하는 ‘정상인 남자’란, 상대 여성이 혐오하는 요소를 갖고 있지 않은 남자일 확률이 높다.

　그녀의 기준은 소박하지만 까다로웠다. 같이 손잡고 걷거나 마주 보고 밥을 먹을 수 있는 수준의 외모, 전화 목소리가 듣기 싫지 않은 남자라면 일단 합격점이라고 장난스레 말했다. 더불어 같이 책을 읽으며 의견을 나눌 수 있고, 잘난 척이 심하지 않은 평범한 남자를 ‘정상’이라 정의했다. 다행스럽게도 그녀의 눈에 비친 나는 그 기준을 통과한 남자인 듯했다.

　대다수의 돌싱남들은 스스로를 정상이라 믿을 것이다. 나 역시 그랬다. 하지만 어떤 이의 눈에 그 ‘정상’의 사람들은 극소수이며, 어쩌면 ‘이혼’이라는 꼬리표와 그 사유가 말끔히 해명되어야 비로소 정상의 범주에 발이라도 들여놓을 수 있을지도 모르겠다. 그래서 요새도 나는 가끔 말하고 행동할 때

스스로에게 되묻곤 한다.

'과연 정상인 남자라면 이 상황에서 어떻게 할까?'

그런 고민이 때로는 내 판단에 훌륭한 나침반이 되어준다.

이 글은 그 고민의 결과물이다. 나의 이혼 과정과 그것을 통해 뒤늦게 깨달은 것들을 한 자 한 자 적어 내려갔다. 이 기록은 같은 실수를 두 번 다시 반복하지 않겠다는 치열한 노력의 일환이자, 지난날에 대한 철저한 반성문이다.

무엇보다 여전히 불안해하고 있는 내 곁의 그녀에게, 이 기록이 내가 당신이 생각하는 진짜 '정상'적인 남자라는 것을 알게 해줄 하나의 증명이 되길 바랄 뿐이다.

이밍아웃

펴낸날 초판 1쇄 인쇄 2026년 4월 1일
　　　　초판 1쇄 발행 2026년 4월 10일

지은이 김　날
펴낸이 유윤희
펴낸곳 오늘산책
편　집 오영나, 유윤희
디자인 행복한물고기 Happyfish

출판등록 2017년 7월 6일(제2017-000141호)
주　소 서울 종로구 종로 227-5, 2층
전　화 010.7748.5369
팩　스 02.6442.5392
이메일 oneul71@naver.com
　　　　yuyunhee@naver.com
ISBN 979-11-93703-12-0　13810